Katia

PHILIPPE LE DEM

LA CHAMBRE D'AMOUR

Timée-Editions

À Andrée Riaudel…

Personne ne traverse un tel désert sans garder des traces indélébiles du voyage.
L'aventure humaine que je viens de connaître remue chaque cellule de mon corps. Chaque neurone de mon cerveau.
Vision du monde. Perception de l'avenir. Contact avec les autres.
Futilité.
Fragilité.
Apprécier le moment présent. Les cadeaux de la vie. La simplicité des sentiments. Le bonheur des petites choses.
L'être.
Qu'est-ce qui est vraiment important ?
Le sens de la vie ?
Le fameux sens de la vie ?
Arrêtons de nous plaindre pour des conneries. Des mesquineries. Des égoïsteries.
À quoi bon ?
Un geste. Un regard. Une odeur. Un souvenir. Un câlin. L'autre. Soi.
Tout bascule tellement vite.
Tout bascule tellement vide.
Futilité.
Fragilité.
Le fil ténu de la vie.

MERCREDI 10 SEPTEMBRE
09 H 30

Les toubibs et les psychologues me parlent d'une seule voix. Unanimes.

Le même conseil revient dans leurs bouches, telle une litanie.

— Vous devriez écrire, noir sur blanc, tout ce qui vous est arrivé.

Noir sur blanc.

Je n'ai pas échappé à la phrase-bateau qui accompagne ce genre de circonstance.

— Ce qui est dehors n'est plus dedans...

Comment s'appelle cette figure de style, déjà ? Évidence des contraires ? Comparaison improbable ? Leitmotiv analytique ? Facilité métaphorique ? Pléonasme familier ?

Écrire. Voilà le meilleur moyen, d'après les médecins, d'évacuer le poids phénoménal de l'angoisse, étouffante, accumulée dans le tunnel de l'enfer.

OK. Allons-y.

Je décide d'écouter docilement leur conseil, motivé, derechef, par un féroce besoin de fouiller dans les moindres recoins de ma mémoire. Me forcer à me souvenir de tous ces détails, de toutes ces sensations, de tous ces moments qui m'ont catapulté dans une autre dimension. La quatrième dimension.

Je m'installe à mon bureau, impatient de cracher les mots, les images, les frissons, les espoirs les plus fous.

J'ai tant de chose à évacuer. Mais par où commencer ?

Cette question, à première vue anodine, retarde mon départ syntaxique. J'hésite devant mon clavier.

Comment débute cette histoire ? Par quoi ?

Peut-être par l'accident lui-même. Ou par une date. Le 11 août.

Un lieu. La plage des Sables d'Or à Anglet. Une heure précise. 19 heures 10, quelques instants après l'arrêt de la surveillance des MNS. Un moment clef de cet été calamiteux.

Ou bien commencer, peut-être, par un instantané de vie, plus en amont.

Le départ en vacances pour Biarritz, en compagnie de mes deux filles, Ève et Betty. Le voyage en voiture de Gien à la côte basque.

Un voyage plutôt agréable. Traversée latérale de la France. Savant mixage de routes de qualités pour le moins éclectiques. Quatre voies, portions d'autoroutes, nationales, départementales, traversées de villages, de lieux-dits, de villes, de patelins, et autres bourgs. La France de long en large. La France de large en long.

Châtillon sur Loire, Vierzon, Angoulême, Bordeaux. Et pour finir, la ligne droite qui fend la forêt des Landes, reliant Bordeaux à Bayonne. La nationale 10. Plate, rectiligne, soporifique, avec, au bout, en point de mire, tel un mirage, le pays basque. Vert intense. Les Pyrénées, les plages, le surf, les vagues, le fromage de brebis à la confiture de cerise, les chants, les maisons blanches et rouges, le phare de Biarritz, les ikastolas, la pluie chaude et violente, les lumières crépusculaires insensées, le vent d'ouest, les embruns, les marées d'équinoxe, le rugby, l'océan, les fêtes de Bayonne, les sardines grillées, le confit de canard, le jambon, le vert de la campagne, noyée régulièrement sous des précipitations dantesques...

Par où commencer ?

Autre option.

L'arrivée chez mon frère, qui possède une maison dans le quartier du lycée Cantau, à Anglet. Notre installation dans cette baraque à deux niveaux.

Ève qui s'empare du RDC, Betty qui choisit la chambre d'ami du premier, et moi qui étends un matelas à même le sol, dans un coin du bureau.

Débuter l'histoire avant ces vacances, en allant chercher encore plus loin dans le temps ?

Il y a dix ans, lors de ma séparation d'avec Roseline, la maman d'Ève et Betty, après six ans de vie commune.

Ma période de père célibataire. Ma rencontre avec Anna, ma femme, avec qui j'ai fondé une nouvelle famille, et qui m'a donné un fils aujourd'hui âgé de trois ans.

Me lancer dans ce récit en décrivant le quotidien compliqué d'une famille recomposée... Pourquoi pas... C'est un début d'histoire comme un autre...

Décrire notre départ de Paris pour la campagne, où nous avons vécu un an sans Ève et Betty, restées avec leur mère dans la capitale.

La médiation familiale orchestrée par ce déménagement, médiation qui abordait les droits et devoirs des parents d'Ève et Betty, à savoir Roseline et moi-même.

L'envie d'Ève de venir nous rejoindre à la campagne dès l'année suivante.

L'arrivée d'Ève et Betty dans le petit village de Sainpuits, pour étudier.

Cette année de bonheur où nous étions réunis tous les six, Anna, Emma, Ève, Betty, Harry, et moi.

Le retour des deux grandes vers Paris l'année suivante, pour cause de vente de maison de campagne, trop isolée de tout, trop isolée de rien.

La réinstallation à Gien, petite ville située à cent cinquante kilomètres de la capitale.

Le dernier Noël, passé aux sports d'hiver, nous réunissant à nouveau tous les six pour une semaine en altitude.

Autre possibilité : débuter ce récit par mes convictions religieuses inférieures ou égales à zéro...

Ma foi profonde en les arbres. Ces géants placides aux mœurs fascinantes, ces êtres parfaitement magnifiques. Ma croyance en leur sève, en leurs racines, en leur écorce, en leur puissance, en leur fidélité, en leur pouvoir infini, en leur âme.

Non... À la réflexion... Inutile d'aller fouiller trop loin dans le temps.

Inutile de s'égarer dans des digressions vaseuses, des introductions hors sujet, des thèmes rabâchés, des confessions déplacées.

Le mieux est de commencer le jour du drame. Le mois dernier.

Simplement. Précisément. Quelques instants avant que tout bascule. Quelques instants avant que le souffle inépuisable du destin nous emporte comme des fétus de paille vers un monde peuplé de spectres effrayants.

Juste quelques instants.

Disons, deux heures avant l'événement...

LUNDI 11 AOÛT
16 H 20

JE SUIS À LA PLAGE en compagnie de Betty, ma fille de treize ans.

Ou plutôt, je suis à la plage, et Betty fait du roller sur la piste prévue à cet effet. Une piste flambant neuve, construite à la Barre, à Anglet.

Betty n'aime pas trop la plage. Elle aime encore moins se baigner. Elle préfère glisser tranquillement sur la piste toute neuve où de nombreux jeunes s'entraînent au skate et au patin à roulettes.

De mon côté, je profite de la plage située en contrebas du Roller Parc. La dernière plage au nord de la ville.

Assis sur ma serviette, j'observe l'océan, je scrute les vagues, hésitant à me mettre à l'eau avec mes palmes. J'ai bien envie de faire du « body », mais la mer est forte. Les vagues, désordonnées, dépassent les deux mètres.

Les MNS ont hissé le drapeau jaune. C'est limite baignade tolérée. D'autres plages, plus au Sud, plus exposées aux vents, arborent le drapeau rouge. Personne dans l'eau. Interdit. Trop dangereux.

Les sauveteurs surveillent les baigneurs qui se trempent sagement entre les drapeaux. Étroit corridor où les touristes sont autorisés à se rafraîchir. Personne ne s'aventure très loin. On barbotte au bord de l'eau.

J'ai choisi cette plage après observation de l'océan. Cet endroit est protégé par des digues, et les vagues y sont moins violentes que sur le reste de la côte. D'ailleurs, je remarque en jetant un coup d'œil vers l'Espagne, que le littoral est particulièrement agité à perte de vue. Le blanc de l'écume. Les vagues qui cassent loin, au large.

Me sentant en forme, je ne résiste pas à l'appel du large. Je saisis mes palmes et marche tranquillement vers la zone de baignade surveillée. Je me mets rapidement à l'eau, je passe mes palmes, je nage vers les vagues.

Bien entraîné physiquement, je franchis aisément les rouleaux et entame ma séance de body-board. La vague se forme, je nage rapidement et tente de la surfer avec le corps. La vague m'accepte, me pousse. Sensation unique de ne faire qu'un avec les éléments.

Je ne regrette pas mon choix, la mer est forte, mais les courants acceptables.

Plonger sous les vagues, passer la barre d'écume, revenir en se laissant porter.

Je répète cet exercice pendant vingt minutes avant de sortir de l'eau, épuisé par l'effort. Je reprends mon souffle, je vais me rincer à la douche, je reprends mes affaires sur la plage, je retourne vers le Roller Parc.

Je repère Betty qui patine gracieusement sur le macadam lisse, au milieu des jeunes équilibristes perchés, qui sur un skate-board, qui sur une trottinette, qui sur des rollers.

Je lui fais un petit signe de la main. Elle me sourit. Elle semble heureuse.

Je sors mon téléphone portable de ma poche. J'appelle Ève qui se promène de son côté avec son amie Marie, venue la rejoindre de Paris quelques jours plus tôt. Marie et Ève, deux copines de lycée. Deux jolis brins de fille.

Je leur fais confiance, elles se promènent de leur côté, avec leurs potes. Ève se montre toujours raisonnable, mâture. Elle réclame de plus en plus d'indépendance, mais ne l'utilise pas toujours quand je la lui accorde. Question de principe, sans doute. Par exemple, hier soir, dimanche, elle m'a demandé à sortir. OK, pas de problème, sortie possible, mais avec retour à 23 heures. 23 heures ? Trop tôt, l'ambiance monte vers minuit, avant c'est mort. Je m'y attendais. Contre-proposition. Elle réclame l'autorisation d'une heure du mat'. On finit par se mettre d'accord sur minuit et demi. Négociation classique.

Résultat des courses, l'accord en poche, les deux copines se sont écroulées devant un DVD, endormies comme des enfants, avant même d'avoir mis un pied dehors.

Les négociations sont constantes avec les enfants. Elles deviennent systématiques avec les ados. Je pense que cette musique se joue dans toutes les familles. Argent de poche, résultats scolaires, sorties, fêtes, coup de main à la maison... Ça négocie sec dans les chaumières.

L'été se déroule plus sereinement quand les enfants ont fait une bonne année scolaire. C'est le cas d'Ève. Habituellement partisane du moindre effort, elle a mis un sérieux coup de collier au second semestre, ce qui lui a permis d'être acceptée en première « S ». Elle ne sait pas encore précisément ce qu'elle va faire plus tard. Alors, comme beaucoup de ses camarades encouragés par les parents, ce petit monde tente d'intégrer la filière offrant, soi-disant, le plus de débouchés. Soi-disant.

La première « S » attend donc Ève et Marie à la rentrée, mais pour le moment, tout ça est très loin. Pour le moment, c'est les vacances, elles profitent. Pour le moment, la voix tonique d'Ève retentit à l'autre bout du fil.

– *Oui, papa ?...*

J'aime bien sa façon de me répondre. Le ton de sa voix. Un zeste de reproche, genre « c'est pénible ce père qui a du mal à me lâcher », avec un subtil mélange de satisfaction de se sentir aimée par ce même père protecteur.

– *Oui, papa ?...*

– T'es où ?

Ève m'indique qu'elle est à la plage près de la Chambre d'Amour. Elle ne sait pas encore si elle va traîner encore un peu là, ou si elles vont toutes deux rentrer chez mon frère, en bus.

Je lui réponds que Betty termine sa séance de rollers, et qu'ensuite, nous avons justement l'intention d'aller manger un morceau à la Chambre d'Amour. Je la rappelle quand je suis sur place. Si Marie et elle se baladent toujours dans le coin, on se rejoint pour dîner.

OK.

Je raccroche. Je vais m'asseoir au bord du Roller Parc, profitant de cette magnifique journée d'août. Betty arrive vers moi, m'explique ses progrès en patinage. Ses virages, sa technique de freinage, ses débuts de sauts.

— Tu veux rester encore un peu ?

— Non, ça va, je commence à fatiguer.

Nous décidons de partir. Nous retournons à la voiture, garée à quelques encablures de la patinoire de la Barre. Nous montons dans mon bon vieux Renault Espace.

Direction la Chambre d'Amour...

LUNDI
18 H 45

Nous mettons une vingtaine de minutes pour parcourir les trois kilomètres séparant la Barre et la Chambre d'Amour. Ça bouchonne sec du côté de Chiberta. Trop de touristes. Retour des plages.

Peu de places de parking disponibles sur le front de mer. Aucune même. Des véhicules stationnent un peu partout, s'agglutinant telles des mouches fainéantes au plus près du bord de mer. Des voitures, des motos, et autres camping-cars échoués sur les gazons, les trottoirs, les zébras.

Coup de chance, un emplacement se libère près du kiosque des Sables d'Or. Je m'y glisse opportunément.

Betty ne quitte pas ses rollers.

— Je peux me balader avant qu'on aille manger ?

— Évidemment.

Je la regarde qui s'éloigne prudemment. J'appelle à nouveau Ève. Je tombe sur son répondeur. Je ne laisse pas de message.

Je déambule le long des magasins de surfs qui se disputent le chaland.

J'arrive sur le front de mer. Je m'assieds sur le parapet qui surplombe la plage. Devant moi, l'océan, la houle, la marée qui descend, les rouleaux puissants que défient au loin quelques surfers téméraires. Sur le côté droit, la zone de baignade délimitée par deux mâts bleus. Le drapeau jaune flotte mollement près du poste de secours.

Betty surgit près de moi.

— T'as vu, c'est pas Ève et Marie là-bas ?

Elle pointe un doigt vers la plage.

Face à nous, à environ quatre-vingts mètres, deux silhouettes familières : Ève qui se rafraîchit, les pieds dans l'eau, tout en discutant avec Marie qui porte son chapeau noir.

Betty repart comme elle est venue, me laissant profiter de cette fin d'après-midi.

Je ferme les yeux. Le soleil cogne délicieusement sur ma peau. L'heure idéale pour bronzer. Tout en jouant au lézard, j'observe Ève et son amie. Ça papote, ça rigole, ça profite.

Fin de leur discussion. Marie quitte Ève et court rejoindre sa serviette, installée sur la droite, dans un coin situé hors de ma vue. Ève reste seule au bord de l'eau.

Elle ne s'aventure pas loin, se contentant de barboter dans les vagues qui viennent mourir à ses pieds. Quelques minutes s'envolent ainsi.

La brise marine sur mon visage, le soleil agréable, Ève qui se trempe toujours à proximité du bord, à une petite centaine de mètres de la zone de baignade.

Une pensée me traverse. Elle devrait aller vers les drapeaux bleus, sur la droite. Elle n'est pas vraiment dans l'eau, mais on sent qu'un courant la pousse malgré tout vers la gauche, vers la digue rocheuse.

À peine ai-je cette pensée qu'Ève sort de l'eau et se dirige d'elle-même vers la droite. Elle se décale d'une vingtaine de mètres avant de retourner dans la mousse des vagues, jusqu'aux hanches, pas plus.

Je renonce à descendre, conforté dans mon choix par l'apparition d'un jeune type qui imite Ève, à cinq, six mètres d'elle, lui tournant autour. Pour une fois qu'elle profite de l'océan, je ne vais pas jouer au père chiant, surtout qu'elle se maintient vraiment au bord.

LUNDI
19 H 05

Les MNS qui surveillent la plage, postés à cent mètres sur la droite, finissent leur journée. Ils déterrent les drapeaux bleus et regagnent leur poste de secours.

Eux non plus, avant de quitter leur travail, ne rappellent pas à l'ordre les quelques baigneurs qui restent dans l'eau, à se tremper au bord. Ils le font parfois. Ils ne le font pas aujourd'hui.

Je remarque qu'Ève et le jeune type qui lui tourne autour sont irrémédiablement poussés par la marée descendante, petit à petit, vers la gauche.

En moins d'une minute, le courant les attire pernicieusement vers la digue.

Encore une fois, je pense qu'elle n'est pas seule, qu'elle est tout au bord, mais je commence à me demander sérieusement si je ne vais pas descendre sur la plage pour lui dire de revenir plus à droite, voire lui demander de sortir de l'eau.

Et puis tout va très vite.

Ève et le garçon, sans s'en rendre compte, se retrouvent à quelques mètres de la barre rocheuse.

Le garçon sort soudainement de l'eau, comme s'il voulait fuir quelque chose. Un frisson d'inquiétude m'envahit, surtout quand je comprends qu'Ève n'arrive pas à imiter l'inconnu.

Cette fois, je n'hésite plus.

J'entreprends de dévaler les rochers qui me séparent de la plage. À cet instant, je ne me doute pas de la tournure dramatique que va prendre ce simple barbotage en bord de grève. Une main tendue suffirait pour qu'Ève regagne la berge. Mais aucune main ne se tend. Personne ne semble se préoccuper de la situation, à part moi.

Tout s'accélère trop vite. Beaucoup trop vite. Je me retrouve sur le sable, lorsque je vois Ève qui perd soudain pied. Le courant a gagné, il emporte ma fille vers le large, le long de la digue. Je comprends le danger et fonce vers elle.

À ce moment, je m'inquiète sans m'affoler.

Je cours sur la plage, je m'arrête, je pose mon sac, j'enlève mes chaussures, mon tee-shirt, et je fonds vers Ève que je vois s'éloigner comme un bouchon vers le large, happée par l'océan. Elle dérive en plein milieu de la baïne, régulièrement submergée par les vagues incessantes.

Je commence à m'affoler. La peur. La peur panique.

Je passe à fond devant le garçon et lui lance :

— Faut l'aider !

Mais le jeune type ne me répond pas. Lui a réussi à s'extraire du courant à temps. Pas question qu'il y retourne pour cette jeune étrangère. Il va falloir qu'on se débrouille seuls.

Mon pilote automatique se met en marche, tout devient instinctif, non réfléchi de ma part. Je sors de moi-même, poussé par des forces inconnues, handicapé par la terreur. Ma fille court un grand danger, je le réalise seulement maintenant.

J'escalade à pieds nus les rochers, fonçant comme un fou, ne lâchant pas Ève des yeux. Le courant est d'une force incroyable. Je ne parviens pas à la rejoindre, elle dérive plus vite que je ne me déplace de rocher en rocher. Mon plan qui visait à la secourir depuis le côté de la digue s'évanouit dans les ténèbres.

Ève est entraînée irrémédiablement vers le bout de la jetée, où les vagues viennent se briser sans interruption, dans un fracas blanchâtre. Je parcours une cinquantaine de mètres sur les rochers aiguisés, trébuchant, tombant, me blessant sans m'en rendre compte. Quand j'arrive enfin près d'Ève, elle dérive au bout de la digue, pile à l'endroit où les déferlantes s'écrasent. Ressac, houle, embruns, fureur liquide.

Je lui fais signe, je l'appelle, elle flotte à six mètres de moi au milieu des tourbillons de l'océan, au milieu des vagues qui la recouvrent toutes les cinq secondes. Ève lutte dans l'écume, fatiguée, angoissée, à bout. Elle ne comprend pas ce qui lui arrive.

Moi non plus. Tout a basculé si vite.

Elle ne me voit pas, trop occupée à se maintenir à la surface.

Je plonge dans l'enfer liquide, le souffle court, le cœur serré, sans réfléchir à la suite des événements, sans savoir comment on va se sortir de là. Je nage vers Ève. Je me débats pour la rejoindre. Le stress m'épuise déjà.

Ma fille m'aperçoit, me reconnaît et, entre deux attaques de vagues, parvient à me lancer d'une voix que je n'oublierai jamais :

— Papa, j'en peux plus, aide-moi.

— Je suis là, je suis là !

Je l'atteins, je lui dis de rester calme, de suivre le rythme des vagues, de s'accrocher à moi. Son visage trahit l'épuisement, la surprise, l'ahurissement, l'angoisse de couler. Voilà déjà plusieurs minutes qu'elle se bat pour sa vie.

J'attrape Ève par le bras. Une vague nous submerge. Nous sommes tous les deux sous l'eau quelques secondes, interminables. Je nous remonte à la surface. Nous avons un court moment de répit avant l'arrivée de la prochaine agression. Je tire Ève vers les rochers. Vers la terre ferme.

Je lui répète :

— Accroche-toi à moi.

— J'ai plus de force, me répond-elle, avant qu'une vague encore plus forte que la précédente nous projette sur les rochers.

L'enfer se précise. Il nous piège.

Je réussis à tenir Ève. J'ai la présence d'esprit de me placer entre elle et les blocs tranchants. Je dois éviter qu'elle ne cogne contre la digue.

Je parviens avec grande difficulté à maintenir mon étreinte, surtout qu'une autre vague nous cogne à nouveau contre la barre. Violemment. Très violemment. Nous sommes tous les deux engloutis dans l'écume, au milieu des rochers mortels.

La force de l'océan m'oblige à lâcher ma fille. Je cogne les rochers. La mer me coince entre deux blocs, je ne sais plus où est la surface, je ne sais plus où je suis, je ne sais plus où est Ève. Je ne m'attendais pas à une telle violence.

En plongeant, j'étais sûr de la ramener, mais rien ne se passe comme prévu. Je suis dépassé par les événements. Englouti. Vaincu. Tout m'échappe. Je subis, totalement impuissant. Je vois du jaune. Je pense qu'on va mourir tous les deux, ensemble, là, maintenant. Quelle drôle de fin.

Paradoxalement, je me sens calme durant cette parenthèse abominable. J'accepte mon sort, j'accepte le pire qui se dessine sous ces tonnes d'eau bouillonnante. Le silence se fait dans mon cerveau. Un silence apaisant. Un silence immobile. Un silence d'une pureté étrange. J'ai l'impression de flotter dans un nuage confortable, loin du tumulte de la vie.

Je vais terminer mon existence ainsi, victime d'un accident d'été. Je vais mourir avec ma fille. Mon crâne subit un choc contre la pierre. Je me laisse faire. Je m'abandonne. La mer nous en veut. La mer nous avale. La mer nous broie. La lutte est inégale. Je baisse les bras. C'est con. C'est fini. Tant pis. Je me laisse glisser. De toute façon, je n'ai pas le choix.

OK. Allons-y. Je suis prêt. Après tout, ça n'a pas l'air si terrible que ça. Je vois une lumière intense, une clarté jaunâtre. Je ne sens plus rien. Je n'ai pas froid. Ma terreur a disparu. Je me sens bien.

Ma vie a commencé dans l'élément liquide, elle se termine dans ce même élément liquide. La boucle est bouclée. Je me vois partir, résigné. Paradoxalement, je suis heureux, soulagé, débarrassé de toute angoisse. Mais la mer en décide autrement. Elle change d'avis. Elle décide de me vomir. La vague se retire aussi violemment qu'elle nous a compressés.

Fin de la parenthèse enchantée. Le nuage cotonneux s'évapore sans prévenir, en un éclair. Retour brutal à la réalité.

Je m'accroche instinctivement à un rocher, résistant difficilement à la vague suivante, ne contrôlant plus rien. Je reviens à moi. On vient de me ranimer, de me réveiller. L'instinct de survie m'avait quitté, il s'empare à nouveau de tout mon être, sans compassion. L'instinct de survie pour Ève, pas pour moi.

Ma fille m'a échappé. Ma fille m'a échappé. Putain, je l'ai lâchée. Je la tenais fermement et une force supérieure m'a dicté sa loi.

Combien de temps s'est écoulé depuis mon plongeon hasardeux ? Aucune idée.

Je parviens miraculeusement à ne pas me laisser reprendre par l'écume. Les vagues ne cessent pas une seconde de se briser autour de moi dans un vacarme assourdissant.

Je me traîne sur un rocher, plus haut, ballotté par la houle, râpé de toute part contre le granit. Le temps se distortionne, me voilà propulsé dans une autre dimension. Je suffoque, je ne me rends même pas compte que je suis en sang.

Je ne pense qu'à Ève que j'ai perdue de vue. Non. Ce n'est pas possible. Ça ne peut pas arriver. Pas à nous. Pas maintenant. Pas comme ça.

Je pense au pire, les vagues, les rochers, l'épuisement. Où est Ève ? Vu ce que je viens de subir, je me demande si elle a pu s'échapper de ce piège vénéneux.

Qui peut voler à notre secours ? Les MNS sont partis, nous sommes seuls.

Seuls au monde. Cette pensée m'assomme encore plus.

Je reste là, un instant, prostré sur le rocher, les vagues continuant à éclater à mes pieds. J'étouffe. Je ne peux plus bouger. Je suis au bord de l'évanouissement. Je reste là, hagard, statique, plié en deux, récupérant avec immensément de mal ma respiration. Incapable de chercher Ève des yeux. Incapable de regarder la mer en face.

J'entends une voix au-dessus de moi. Deux types veulent m'aider, mais ils n'osent pas descendre sur les rochers glissants. Trop dangereux.

— Ça va ? Monsieur ? Ne restez pas là, venez !

Je tente de reprendre mon souffle, ce que je ne parviens pas à faire. Je gravis lamentablement le rocher suivant. Je me liquéfie. Je m'évapore.

Une main se tend vers moi...

— Prenez ma main...

Je refuse.

— Ça va...

C'est ma fille qui a besoin d'aide, pas moi. Je suffoque, j'ai du mal à parler. Je tremble, j'ai froid.

— La petite, la petite ? je demande aux deux ombres qui m'observent...

— Ils s'en occupent, les sauveteurs sont dans l'eau...

Je grimpe seul un autre rocher. Cette digue m'apparaît gigantesque, interminable. Je me retrouve à hauteur des deux types, dont je ne distingue pas les visages. Je n'identifie plus rien, ni les gens, ni le temps, ni ces lieux, ni le ciel. L'océan m'a réduit à l'état de pauvre chose désincarnée. Broyée. Aplatie. Pauvre poussière inutile. Pauvre con incapable de sortir sa fille de l'eau. J'aurais voulu rester là-bas avec elle.

— On va vous aider, tout le monde vous a oublié... Vous plongez pour la sauver, et on vous laisse comme ça...

Mon regard est rivé au sol. Que vient-il de se passer ? Non, ça ne peut pas arriver, pas à nous, pas à Ève. Je ressens une injustice immense.

— Ça va, Monsieur ?

Je ne vois toujours pas le type. À peine une silhouette. Je chuchote un nouveau « ça va », et réussit à atteindre le haut de la digue, où les badauds se promènent pour mieux admirer la mer. J'ai l'impression d'être téléporté à la vitesse de la lumière sur une autre planète. Une planète pleine de terreur, dénuée d'oxygène, dotée d'une attraction terrestre écrasante, où mes sens deviennent hystériques, bouillonnants, étrangers.

Je me répète intérieurement : « C'est pas possible, c'est trop con, c'est trop rapide, c'est un cauchemar. »

Un cauchemar ? Mais je ne dors pas. Je ne me réveille pas. Je suis dans la réalité, dans ce que la vie représente de plus cruel.

Je n'ose pas regarder la mer, la plage. Je m'en veux, j'ai lâché ma fille, je ne lui ai pas dit d'aller barboter entre les drapeaux...

Des silhouettes, nombreuses, remplissent le chemin cimenté de la digue. Je les devine à peine. Des voix résonnent autour de moi. Deux voix.

— Appuyez-vous sur nous...

— Les MNS s'occupent de la petite...

J'ignore ces voix. Je capte l'information sans pouvoir la traiter. Je me demande combien de temps s'est écoulé depuis que j'ai perdu le contact avec Ève... Je boitille vers le bout de la jetée. Je veux aller voir ce qu'il se passe, mais je suis en état de choc, je suis en sang, en apnée totale. Les vagues ne m'ont pas raté. Elles m'ont propulsé sans pitié contre les énormes cailloux. Je suis couvert de plaies. Dos, coude, genoux, tibia, pieds, mains... Je me sens tout petit, tout faible. Faible comme je ne l'ai jamais été. Un brin d'herbe merdique balayé par l'océan...

L'eau de mer, salée, brûle tout mon corps. Mes entailles se consument. Je titube. Je résiste. Je reste debout, je ne pense qu'à Ève... Le même refrain sans musique plombe toutes mes pensées.

C'est pas possible, ça ne nous arrive pas à nous, pas comme ça, c'est trop injuste, c'est trop con... J'ai envie de pleurer. Le moment n'est pas propice. Je n'en ai pas la force.

Je suis entouré de gens qui me fixent comme si j'étais un zombie. Je les sens. Une multitude d'ombres. Des *aliens*. Des habitants de la planète terreur. Ma vision se trouble. Le ciel a disparu. L'horizon s'en est allé. Je suffoque, je ne peux pas parler, je saigne, j'angoisse pour Ève. L'enfer se confirme, tenace. Il nous agrippe fermement. Il n'a pas l'intention de nous lâcher.

Une dame, me voyant grelotter, me tend une serviette. Je n'ai pas froid. J'ai peur.

— La petite...

— Ils s'occupent d'elle. Ça va ?

— Je ne sais pas...

« Ils » s'occupent d'elle ? Qui ? Comment ? Pourquoi ?

J'aperçois soudain Betty. Elle s'avance vers moi, impressionnée par mon état. Quelques minutes plus tôt, elle a quitté un papa serein, assis face à l'océan, se laissant caresser par le doux soleil, et la voilà maintenant debout face à un zombie ensanglanté, en état de choc. Une chose vulnérable, liquéfiée.

Méconnaissable. Elle ne réalise pas la situation. Je lis dans son regard : « Mais qu'est-ce qu'il se passe, papa ? »

Je ne lui laisse pas le temps de se remettre de la violence du spectacle offert par son père. Je lui lance sans réfléchir :

— Va voir Ève, va voir ta sœur.

Un petit bout de mon être parvient à rester positif. Ève n'a pas coulé au moment où je l'ai lâchée. J'ai eu tellement peur qu'elle soit engloutie, qu'elle s'assomme contre les blocs, qu'elle disparaisse dans les flots impitoyables !

Non. Ce n'est pas le cas. Elle est là. Ils l'ont sortie de l'eau. Les MNS n'étaient pas encore rentrés chez eux. Petite lueur d'espoir. Reste à savoir comment elle va. Va-t-elle s'en sortir avec une grosse frayeur ? A-t-elle bu beaucoup d'eau ? Est-elle consciente ? Je ne m'interroge pas longtemps. La réponse me saute aux yeux.

Je regarde vers la plage, où j'aperçois tout un groupe de personnes autour d'un corps allongé sur le sable.

Ève.

Je devine qu'une ombre, à genoux près d'elle, lui prodigue un massage cardiaque. Je sais ce que cela signifie. C'est grave. Très grave. Le cœur de ma fille s'est arrêté de battre. À cet instant, je ne sais plus où je me trouve.

Vont-ils la ranimer ? Est-ce déjà trop tard ?

Mes pensées s'entrechoquent, l'angoisse monte encore d'un cran. Je croyais le curseur poussé au maximum. Non. Il y a encore de la marge. La terreur laisse place au désespoir.

Ils l'ont ramenée, elle n'a pas été engloutie, mais son cœur s'est arrêté de battre dans sa poitrine. L'enfer tisse sa toile tel un insecte zélé. Tout a basculé si vite. Si vite.

Des petites aiguilles me piquent sur tout le corps, telle une armée de dards bien entraînés. Le sel sur mes plaies ouvertes. Je délire. J'étouffe. Un poids énorme me compresse la poitrine. Je ne sais que faire. Je dois m'activer, sinon, je vais tourner de l'œil. J'ai l'idée de me rincer à l'eau douce. Je me dirige vers la douche installée au début de la barre rocheuse.

Je sens une vraie foule autour de moi. Une foule, mais seulement deux personnes m'ont parlé. Les gens sont loin, si loin. Ils flottent au-dessus de moi. Je suis seul au monde.

Les curieux profitent du spectacle lamentable, j'imagine. Non, je n'imagine rien, je sens les regards effarés. Ils se demandent sans doute ce qui m'a mis dans cet état. Mais personne ne s'approche, personne ne cherche à me soutenir. Je dois irradier quelque chose d'épouvantable. Je ne les calcule pas, mes yeux sont rivés au sol. Je ne fonctionne plus. Ou à peine. Sur la réserve.

J'appuie sur le bouton de la douche. Je me rince. Ma peau fond, mon corps se répand sur le ciment sablonneux qui devient rouge. Je m'en fous.

Quand je relève la tête dans un mouvement approximatif, un homme en uniforme bleu foncé se tient devant moi. Un pompier. Ils sont arrivés sans bruit, ou je n'ai pas entendu les sirènes. Ils ont garé leur véhicule rouge vif à l'entrée de la jetée, tout près de moi.

— Ça va, Monsieur ? Vous tremblez.

— La petite, j'ai essayé de...

Je ne peux pas finir ma phrase. Pourquoi je dis « la petite », et pas « ma fille » ? Je réalise dans un coin de ma tête que je n'ai pas précisé que c'était ma fille, là-bas, étendue sur la plage... Du sucre, j'ai besoin de sucre...

Je demande à avoir un coca. Ça a l'air de surprendre les gens autour de moi. Mais il me faut un coup de fouet, de l'énergie. Une petite voix intérieure me murmure à l'oreille que je vais avoir besoin d'une dose massive d'énergie dans les heures qui suivent.

À cet instant « T », je suis vide, je tiens sur un fil, à la limite d'un gouffre infini, en équilibre instable sur le bord d'une fenêtre.

— Venez, je vais vous désinfecter.

Je jette un nouveau coup d'œil vers la plage. Les sauveteurs se pressent sans discontinuer autour de ma fille. Je suis myope, je ne distingue pas les détails de l'opération. Je remarque à peine la foule immense étalée sur le sable. Cette foule venue déambuler face à l'immensité de l'océan. Quelle belle promenade. Quelle belle lumière.

Je m'assois dans le camion des pompiers.On me tend un petit sachet de sucre.

Betty revient. Blême. Silencieuse. Livide. Choquée par l'image de sa sœur, noyée. Elle ne dit rien. Je ne lui pose aucune question.

Le temps s'arrête.

Le pompier commence à me passer de l'eau oxygénée sur les coupures, mais devant le nombre de balafres, il renonce, et me parle de douche à la Bétadine.

Douche à la Bétadine ? Je ne comprends pas. J'essaie de reprendre mes esprits.

Je dis au pompier que c'est ma fille... La petite, là-bas, étalée sur le sable, l'accident, c'est ma fille. Il a l'air de compatir...

– C'est votre fille... me répète-t-il sans autre commentaire.

Une ombre apparaît, pressée. Un des MNS qui vient chercher une minerve dans le camion. Il s'agite au ralenti. Je réussis à questionner le gars avant qu'il ne s'éclipse à nouveau, happé par l'urgence.

– Ça va, elle va bien ?

– J'ai récupéré son pouls.

Là, une lueur d'espoir infini s'allume au fond de moi.

Il a récupéré son pouls. Elle n'a pas été engloutie. Son cœur est reparti. Elle est vivante.

Cette lueur est ténue, minuscule, fragile. Une étoile dans l'immensité insondable de l'univers, mais elle existe, elle scintille.

Je n'ose plus bouger. Le pompier me tend la couverture de survie. Un morceau de tissu sans tissu, lisse, argenté sur une face, doré sur l'autre.

Une sorte de grande feuille en aluminium, prête à empaqueter le malheur.

La dame me laisse sa serviette, et me demande si j'avais des affaires avec moi.

– Oui, le sac, là-bas.

Je désigne d'un geste vague mes affaires qui forment un tas au milieu de la plage. Cette plage vide, contrairement à la plage voisine où se presse la masse des curieux.

Malgré mon état, malgré la situation, des pensées matérielles me traversent l'esprit. Mes clefs de voiture dans le sac, où j'ai garé la voiture, mon téléphone portable.

– Je vous le ramène.

La dame s'évapore. Betty se tient près de moi. J'aperçois également Marie, derrière le camion de pompier. Betty veut appeler sa mère. Je lui réponds d'attendre.

Attendre ? Attendre quoi ? Je l'ignore.

Mon portable se met à sonner. Je demande à Betty de répondre à ce coup de téléphone, je ne suis pas en état de parler. Betty décroche sans discuter. Je distingue la petite voix juvénile qui s'exprime à l'autre bout du fil. Harry, son frère, mon fils de trois ans. Il vient de rentrer à la maison après ses vacances parisiennes chez ses grands-parents. Anna a composé mon numéro afin qu'il nous salue. Betty l'interrompt d'une voix blanche :

– Passe-moi Anna, passe-moi Anna, Harry, passe-moi Anna.

Harry fait encore un peu le fou au téléphone. Décalage total d'atmosphère entre le salon familial de Gien et la camionnette des pompiers. Le quotidien face au drame.

Betty lui répète.

— Passe-moi Anna, passe-moi Anna, Harry, passe-moi Anna.

Harry doit s'exécuter, le téléphone doit changer de main, puisque Betty enchaîne d'une voix tremblante.

— Anna ? Ève s'est noyée, on est avec papa dans un camion de pompiers… Ève s'est noyée… Papa est en sang…

La communication coupe au milieu de cette phrase. J'imagine la dose d'adrénaline qu'Anna vient d'encaisser, avec son fils dans les bras… La douche glacée.

Anna rappelle. Betty ne sait trop quoi lui dire, elle sanglote, elle répète les mêmes mots.

— On est dans l'ambulance des pompiers, papa ne peut pas parler…

La conversation ne s'éternise pas. Je crois avoir fait signe à Betty que je la rappellerai.

Après ce coup de fil, je me dis qu'il faut appeler la mère d'Ève et Betty… Elle doit savoir au plus vite, après tout.

Je suis dans l'incapacité de passer cet appel. Betty sombre de plus en plus. Je demande donc au pompier de parler à Roseline. Il assume ce rôle.

— Madame, je suis avec le papa d'Ève, votre fille, dans l'ambulance des pompiers ; votre fille a eu un accident grave, elle s'est noyée...

Je sens que la maman s'effondre au bout du fil, j'entends sa voix trembler... Je l'entends dire : « Mais, elle est vivante ?... »

— Oui, ils la raniment, je ne peux pas en dire plus...

La conversation est courte, décousue, mais Roseline a compris la situation. Je sais qu'elle tombe dans un abîme sans fond. Elle me rejoint sur cette planète sans nom.

Un autre pompier entre dans l'ambulance.

— Vous êtes le papa de la petite ?

J'ai peur qu'il m'annonce le pire.

— Oui. C'est ma fille.

Non, visiblement, le pire nous épargne pour l'instant.

— Comment s'appelle-t-elle ?

Il sort un petit carnet de sa poche, prenant frénétiquement des notes.

— Ève. Ève L.

— Âge ?

— Quinze ans.

— Et vous ?

— Philippe L.

— Et elles ? Ce sont ses sœurs ?

Il désigne Betty et Marie, prostrées derrière le camion rouge.

— Sa sœur et une amie.

— Nom de la sœur ?

— Betty L.

— Âge ?

— Treize ans.

Il disparaît. Un autre pompier le remplace. J'ai l'impression qu'ils sont au moins quinze.

— Je veux être avec ma fille.

— Vous êtes blessé, on va vous emmener aux urgences de Bayonne pour vous soigner, votre fille part dans une autre ambulance, avec le médecin du Samu.

Je reste allongé sur le brancard de la camionnette des pompiers, entre la vie et la folie, à moitié enroulé dans la couverture en aluminium, en arrêt sur image.

Le temps continue à se disloquer. Aucune notion de l'heure qu'il est. On stagne dans un trou intemporel. Je me concentre sur ma respiration qui refuse obstinément de redevenir normale. Je fonctionne en apnée depuis le début des hostilités.

Ça y est, je crois qu'on va partir pour les urgences de Bayonne. Marie et Betty grimpent dans le camion avec moi. Les portes claquent. L'ambulance se met doucement en branle. Elle recule. Je demande au pompier.

— Et Ève ?

— Ils la traitent sur la plage, je ne peux rien dire, désolé... Je crois qu'ils vont la transporter en réanimation à Bayonne.

Son visage est blême, peu porteur d'espoir. Je peux lire de la pitié dans ses yeux.

Le transport vers Bayonne commence. Silence. Je serre la main de Betty, Marie est recroquevillée dans un coin. Les pompiers qui nous accompagnent ne savent pas quoi dire. Pas un mot n'est échangé. J'ai l'impression de traverser un mauvais film. J'ai froid, je tremble, j'ai peur...

Je ne prie pas, je ne crois pas en Dieu, rien à faire. Merde, même dans un moment pareil, je ne crois pas en Dieu. Il va falloir affronter cette épreuve sans assistance divine.

Je fixe le toit du véhicule de secours. Je me répands telle une flaque d'huile visqueuse. J'éclate. La réalité m'écartèle. Une image m'obsède : je revois Ève qui dérive, je revois l'écume, je revois la fin. Le jaune, le silence, le nuage.

L'enfer m'aspire.

Je n'arrive même pas à m'évanouir.

LUNDI
20 H 30 ? 21 H 45 ?
Arrivée aux urgences de Bayonne

LE VÉHICULE ROUGE stoppe son périple. Les portes avant claquent. Le hayon arrière s'ouvre, manié par une main vigoureuse. Betty et Marie descendent de l'ambulance. On veut me transporter sur le brancard.

— Ça va, je peux marcher.

Je tiens à rester debout. On se traîne vers un couloir bétonneux. Silence toujours. Je suis en sang, torse nu, plaies ouvertes.

Les pompiers attendent de croiser un médecin pour pouvoir repartir, de confier ce « cas » à qui de droit. Une infirmière me tend un drap.

— On va s'occuper de vous. Vous tremblez, prenez ce drap pour vous couvrir.

Je dis sans doute merci, automatiquement. Je tourne en rond, je veux savoir où est Ève.

Nous restons là, dans le couloir des urgences de l'hôpital de Bayonne, Betty, Marie, et moi. Je suis pieds nus, je porte toujours mon bermuda humide, humide d'eau salée. Je déambule, torse nu, avec un drap blanc sur les épaules. J'arpente le couloir de long en large. Je sais où je suis, mais je ne sais plus qui je suis. Je dois avoir l'air d'un fou. Un visage s'approche, demande mon nom. Un autre visage le remplace et nous conduit vers une petite salle. Un troisième visage nous informe qu'un médecin va arriver. Je reprends un peu mes esprits. Il faut s'organiser. J'attrape mon portable, j'appelle Pierre, mon frère. Nous nous sommes quittés la veille au soir. Il est reparti très tôt le matin même pour reprendre son poste à la base de Mont-de-Marsan.

Trois sonneries.

Coup de chance, je parviens à le joindre du premier coup. Pierre décroche. Je ne lui laisse pas le temps de respirer, je le crucifie avec ma mauvaise nouvelle. Il réagit immédiatement. Je n'ai pas besoin de lui demander son aide. Il saute dans sa voiture et il arrive. Dans une heure, une heure et quart, il est là. Là ?... Mais où exactement ?

Bonne question. Je n'ai pas mentionné l'endroit où nous sommes.

Où doit-il se précipiter ?

Je rectifie l'oubli. Aux urgences de l'hôpital de Bayonne.

Je raccroche sans m'attarder. J'annonce à Betty et Marie que tonton Pierre va venir à notre rescousse. Le temps qu'ils me soignent ici, et il nous ramènera chez lui. Je leur affirme sans conviction :

— Ça va aller pour Ève, ça va aller...

On me conduit dans une salle de soins où l'on s'occupe de moi par intermittence. Ça vaque à droite.

Ça vaque à gauche. Le temps stagne tout d'un coup. C'est long. Très long. Une ombre entre soudain dans la pièce, tête baissée. Une ombre blanche. Un fantôme moite. Un spectre morbide.

Le médecin du Samu.

L'ombre trimballe avec elle toute la misère du monde. L'ombre se penche vers moi. Je découvre le visage blafard d'un type blond, cheveux longs, frisés, blouse blanche, sigle bleu du Samu collé sur sa manche, dans les trente-cinq ans. Il est livide, les yeux fatigués, le front brillant, à bout, surgi de nulle part. Décomposé, le type.

— Vous êtes le papa ?

— Oui.

— Je suis le médecin qui s'est occupé de votre fille pendant le transport en ambulance.

— Alors ?

Sa réponse est claire, nette, et précise.

— Elle est dans un état gravissime... Gravissime... On a fait tout ce qu'on a pu... Elle ne passera peut-être pas la nuit... On l'a héliportée à Pau... C'est très, très grave ce qu'il vient de lui arriver. Voilà...

Il se relève. On se regarde. Rien à ajouter. Il disparaît, fuyant ce père prostré pour qui il ne peut plus rien. Il a fait son boulot. Il a lutté contre la fatalité. Il a annoncé le terrible diagnostic, pas facile. Sale journée.

Je reste cloué sur ma chaise. Gravissime. Le mot parcourt le moindre recoin de mon être. L'enfer apprécie ses nouveaux locataires.

Je me lève avant d'étouffer sur place.

Gravissime.

Je refuse de me laisser anéantir. Ève est toujours en vie. Je dois la rejoindre au plus vite. Ne pas la laisser seule à Pau. Je rappelle Pierre pour savoir où il se trouve. L'inquiétude l'a contaminé. Il a eu une crise de tétanie en chemin. Il s'est arrêté quelques minutes sur une aire d'autoroute pour se calmer. Il arrive dans une demi-heure. J'évite de l'informer de ma rencontre avec l'ombre livide. Je garde le « gravissime » pour moi. Ce mot ne doit pas se répandre.

Je lui demande de rouler prudemment avant de raccrocher.

Marie reste immobile, assise dans un coin, tête baissée. Betty déambule le long du triste couloir, juchée sur ses rollers qu'elle a à nouveau enfilés.

J'erre dans les urgences de l'hôpital de Bayonne. Glauque. J'hallucine. Je rêve éveillé. Un rêve noir. Tout se mélange, le temps, les gens, les pensées, les toubibs, Ève, Betty, Marie.

On m'entraîne vers la salle de soins. On m'examine en grimaçant. On me soigne les plaies principales, on me recoud le tibia, on me bande le mollet. Une nouvelle ombre fait son entrée dans la salle de soins.

— Je suis de la police, vous êtes en état de répondre à quelques questions ?

Un flic vient pour m'interroger. Un flic ? Je ne sais pas pourquoi. Je me doute des raisons de sa présence, mais je me refuse à les analyser. Un silence, je le regarde sans répondre. Il m'observe avec une gêne dans le regard. Une gêne mêlée à une sorte de fascination.

– Vous préférez peut-être qu'on voit ça plus tard ?

La mort rôde. Il veut savoir ce qu'il s'est passé. Il est doux, impressionné par mon état.

– Non, ça va aller.

Je raconte brièvement. Le courant, Ève en difficulté, ma vaine tentative pour la secourir. Les vagues, les rochers, ma sortie limite, le sauvetage qui suit... Il me fixe avec un regard étrange, pudique.

– D'accord. Ce sera sans doute inutile de prévenir le procureur...

Je ne comprends rien. Le procureur ? Quel procureur ? J'ai envie de lui demander s'il n'a pas autre chose à foutre que de venir aux urgences de Bayonne poser des questions à un père détruit physiquement et moralement. On dirait qu'il enquête sur une mort suspecte. C'est trop tôt, mon vieux, ma fille vit toujours. Je ne sais pas ce que lui a raconté le médecin. Tout ça ne laisse rien présager de bon.

Le gravissime serait-il en-dessous de la vérité ? Est-ce possible ?

Le flic griffonne quelques notes sur son carnet à spirale. Un dernier regard plein de sollicitude. Il soupire. Il me laisse à ma solitude.

Je n'ai qu'une envie, rejoindre Ève au plus vite.

Pierre apparaît enfin au bout du couloir délavé.

Son visage blême vient s'ajouter aux autres. Pierre me découvre avec surprise. Blessé, ahuri, mon drap blanc flanqué sur les épaules, dézingué par mes rencontres avec Monsieur Samu et Monsieur Police. Nous échangeons quelques mots dont je ne me souviens pas. Une autre ombre, féminine celle-là, nous interrompt :

— Avez-vous fait le vaccin du tétanos ?

— J'en sais rien.

— On va vérifier.

Sans me demander mon avis, elle me pique le doigt pour prélever une goutte de sang qu'elle verse dans une petite boîte blanche. Nous attendons quelques secondes avant que le verdict du test ne tombe.

— Négatif, vous n'êtes pas protégé. On va vous faire un vaccin. Avec les rochers, il faut se méfier.

Je ne tiens pas en place. Je veux m'échapper de cet endroit. Rejoindre Ève. Nous devons attendre quelques longues minutes avant qu'une ultime infirmière, encore une autre, ne revienne avec une seringue. Elle m'injecte le produit d'un geste sûr.

— Je peux partir maintenant ?

— Oui, c'est bon pour nous.

Je discute avec mon frère de la marche à suivre. Pierre a l'esprit plus clair que moi. Il réfléchit mieux. Première chose : ramener Betty et Marie chez lui.

OK.

Secondo. Je veux aller à Pau, rejoindre Ève, le plus vite possible. Pierre ne peut pas m'accompagner là-bas, quelqu'un doit rester avec Betty et Marie. On va s'arranger.

— Au pire, je peux conduire.

— Tu as vu ton état ? Pas question que tu prennes le volant !

Pierre n'a pas tort.

Il nous ramène chez lui. Silence dans la voiture. Que dire ?

Rien.

On aborde simplement le sujet « moyen de locomotion pour que je me rende à Pau ». Trouver un ami qui fasse le chauffeur ? Appeler un taxi ?

On dépose les enfants à Anglet. Je dis à Pierre qu'il faut aller chercher ma voiture, restée garée à la Chambre d'Amour. Il doit m'y emmener. Tout de suite. Je lui affirme que ça va mieux, que je peux ramener la voiture jusqu'à chez lui. Il tente de m'en dissuader. J'insiste.

— Ça va, je peux conduire quatre kilomètres. En plus, je l'ai laissée ouverte, ton vélo est à l'intérieur, avec d'autres affaires, il faudra y aller de toute façon...

OK, il cède.

À ce moment-là, je sais pertinemment ce que je dois faire : récupérer mon véhicule et filer directement à Pau. Je m'en sens capable, malgré mon état déplorable. J'ai envie de conduire. J'ai envie d'être seul dans l'habitacle. Quelque chose me dit que j'aurai besoin d'une voiture, là-bas. Quelque chose me dit que je vais rester un moment dans les environs de Pau. Je n'ai qu'un souhait, rejoindre Ève.

Je passe un short sec. J'ai du mal à enfiler un tee-shirt, étant griffé dans tout le dos. Impossible de mettre des chaussures, mes pieds sont trop atteints.

Je me prépare discrètement, hors de la vue de Pierre. Je ne souhaite pas l'alerter sur mes desseins. Pas de polémiques. Des actes.

Je prends des sandales, mon sac dans lequel j'engouffre deux trois affaires, une veste, mon portefeuille... Bref, je m'apprête à partir en voyage vers l'inconnu.

Juste avant de monter dans la 106 de mon frère, mon portable sonne. Un numéro inconnu. Je sais que cet appel concerne Ève. Sixième sens. Je crève de trouille. Pitié, ne me dites pas que...

Je réponds, le souffle court.

Une voix lourde résonne dans mon Nokia.

– C'est l'hôpital de Pau, vous êtes bien le père ?

– Oui.

– Écoutez, je suis le docteur Descamp, médecin réanimateur, c'est moi qui viens de recevoir votre fille.

– Elle va bien ?

– Monsieur, elle est dans un état extrêmement grave, on a fait tout ce qu'on devait faire, mais je ne vous cache pas que ça va être difficile...

– Je vais venir. Vous êtes quel hôpital ?

– L'hôpital de Pau, près de l'autoroute. Vous partez de Bayonne ?

– Oui.

– Arrivé à Pau, c'est la première sortie. Au rond-point c'est indiqué, hôpital François Mitterrand. Vous

allez aux urgences, ils vous amèneront dans le service réanimation.

— Elle va s'en sortir, docteur ?

— *Venez, on en parlera, je ne peux rien dire d'autre au téléphone.*

Je lui redemande son nom, que j'ai déjà oublié.

— Vous êtes le docteur... ?

— *Descamp. Docteur Descamp.*

On raccroche.

Je reste immobile. Statufié. Le docteur Descamp avait la même voix que l'ombre blanche du Samu. La même.

Pierre s'avance vers moi.

— C'était qui ?

Je tente de garder un visage décent.

— Rien, l'hôpital... Ils ne disent rien par téléphone, juste que c'est grave...

Je ne dois pas réussir à être rassurant. Pierre se décompose autant que moi. Il a de plus en plus de doutes sur ma capacité à conduire. Lui parvient à maîtriser sa voiture au prix d'un gros effort, alors qu'en est-il de moi ?

— Ça va aller, je me sens plus calme, vraiment. Je vais rouler à trois à l'heure...

Betty et Marie se sont réfugiées dans la maison. J'évite d'aller les voir avant de partir. Je dégage l'anxiété à dose toxique. Je m'abstiens donc de tout contact.

Pierre me dépose près du parking où attend mon Renault Espace.

La Chambre d'Amour.

Joyeuse, chaude, bourrée de touristes en ce mois d'août.

Je rassure encore Pierre. Je peux conduire, ça va.

– Ne m'attends pas, je vais acheter des cigarettes, rejoins vite les enfants chez toi, il ne faut pas les laisser seuls trop longtemps. J'ai besoin de respirer un peu... J'arrive...

Pierre ne me contrarie pas. Soupçonne-t-il mes intentions ? Peut-être. Sans doute. Quoi qu'il en soit, il renonce à me chaperonner. Les enfants l'attendent chez lui.

Je monte dans la voiture, doucement, difficilement. Je me contorsionne avant de trouver une position qui ne lance pas trop mes blessures. J'ai besoin de m'isoler, j'ai besoin de réfléchir, j'ai besoin de me connecter à Ève. Je démarre, direction l'autoroute pour Pau. Je roule doucement. Je suis étonnement calme. Je respire, les vitres ouvertes. J'ai 110 kilomètres à faire. Je peux les faire. Je vais les faire.

Je suis déterminé.

J'ai l'impression que cette détermination me donne l'énergie pour réussir le voyage sans encombre. Je ne sens plus mon corps.

Je ne suis que volonté primaire.

Je suis animé de forces totalement inconnues, surgies du fond des âges.

LUNDI
23 H/23 H 30
Voyage vers Pau

Je longe la côte par la route des plages. La Marinella, les Corsaires, l'océan, la Barre. Je remonte le long de l'Adour. Je respire profondément. Mes poumons me brûlent. Je traverse Bayonne, conduisant prudemment, au ralenti. Il est tard, ça roule bien.

Des pensées confuses me traversent.

Si jamais des flics m'arrêtent, qu'est-ce que je leur dis, avec mon allure de zombie ? Que je peux conduire, que ma fille est mourante ? Que je dois absolument la rejoindre ?

Heureusement, aucun flic ne m'arrête.

Des pensées confuses me traversent.

Mon cerveau a déclenché le mode « résiste ». Ne pas devenir fou. Fou d'inquiétude, fou de douleur, fou d'impuissance, fou d'injustice, fou du destin.

Reprendre ses esprits. Se recentrer. Positiver. Ne pas se permettre de laisser dériver son imagination vers des contrées sans aube.

Censure de l'âme.

Impossible. Le couvercle est trop léger, voire inexistant. Ça déborde.

Images, souvenirs. Les idées s'entrechoquent. Cogitation. Flot incessant de réflexions indomptables. Mon imagination prend d'assaut la forteresse de mes bonnes résolutions. Mon imagination submerge mes visées optimistes.

La mort plane au-dessus du toit de la voiture. Je ne peux l'ignorer. Ma mémoire livre par saccades des lambeaux de souvenirs calcifiés, de couleur noire. Ma mémoire fuit, tel un pétrolier las. Un pétrolier perdant inexorablement le contenu saumâtre enfermé dans ses cuves depuis trop longtemps.

Les souvenirs qui s'échappent ont tous un rapport avec la mort.

Souvenirs d'une conversation récente. La semaine dernière, Ève m'a demandé où j'aimerais être enterré quand je mourrais. Sur le moment, cette question inhabituelle m'a interloqué. Je n'ai pas su quoi répondre. Je m'étais déjà posé cette question, sans avoir trouvé de réponse.

Pourquoi m'a-t-elle demandé ça ? Je m'étais retenu de lui retourner la question. Et là, maintenant, cette conversation rebondit dans mon cerveau, tel un écho tenace. Putain, pourvu que cette question non retournée ne devienne pas d'actualité.

Ce n'est pas possible. Pas envisageable.

Je me concentre pour faire taire cet écho maudit. Pas une mince affaire. L'écho têtu se glisse dans le moindre interstice de mes neurones friables. Le malheur, s'il se confirme, brisera combien de vies ?

Sa sœur ? Son frère ? Sa mère ? Ses amies ? Sa famille éclatée. Explosée en plein centre…

Comment survivre à « ça » ? Je pense à la mort. J'y baigne. Tout se mélange.

Je me souviens des marques d'affection qu'Ève me portait dernièrement. Plus que d'habitude. Comme si elle voulait être plus proche de moi. Je me souviens d'elle à l'âge d'un an. Elle prononçait déjà nombre de mots. Ève pouvait s'exprimer dès son plus jeune âge. Elle parlait dès douze mois.

Je me pose sans encombre sur l'autoroute. Je pense à Ève. Elle vit. Elle va s'en sortir. Et si elle meurt ? Jamais, jamais je ne me le pardonnerai. J'aurais dû lui dire de sortir de l'eau avant que le courant l'emporte, j'aurais dû la sortir de l'océan, je n'aurais pas dû la lâcher, pourquoi ai-je réussi à m'accrocher au rocher ? Pourquoi j'en suis sorti, et pas elle ? Comment vivre sans sa présence ? Et si elle s'en sort, dans quel état va-t-elle nous revenir ?

C'est un cauchemar…

Je crie dans la voiture.

— C'est un cauchemar ! Ève, tu es forte, tu vas y arriver, j'arrive mon bébé, papa est là, je ne te lâche plus, plus jamais, attends-moi !

Je me mets à pleurer, je suffoque à nouveau. Je ne vois plus l'autoroute qui déroule son ruban noir devant moi. Je suis ailleurs, je divague. La mort et les gens. Y a-t-il une loi des séries ?

Je n'ai pas souvent été confronté à la disparition de personnes proches. Famille. Amis. Non, pas souvent. Enfin je ne crois pas. D'ailleurs, peut-on faire une moyenne « d'exposition à la mort » ? Dans une existence, combien de fois un être humain se trouve-t-il en présence de morts avant de tirer lui-même sa révérence ? Est-on tous soumis à un quota pré-établi, savamment distillé, tel un vaccin, histoire de s'habituer à l'issue fatale qui, inexorablement, guette chacun de nous ? S'il existe, sur quels critères la mort établit-elle ce quota ? Aucune statistique de ce genre n'a dû être publiée...

Je délire.

L'autoroute infinie vomit son goudron râpeux sous mes roues. Conduite automatique. Le pétrolier dérive sans pilote, continuant à répandre dans son sillage sa cargaison visqueuse.

Je délire.

Ma première rencontre avec la mort... Ce souvenir me revient. Impossible de le refouler.

1979. Je viens d'avoir seize ans. Je pars en vacances chez ma tante en Bretagne. Patricia et Martine. Mes deux cousines m'accueillent avec gentillesse. Patricia a le même âge que moi, Martine a quatorze ans. Quatorze ans, le bel âge. L'âge où l'on a le droit de piloter un cyclomoteur. Liberté adolescente.

Il fait beau. Plage. Mouettes. Bateau de pêche. Crabes. Délicieux été.

Encore l'été.

Je me souviens.

Un soir, mon oncle décide de nous sortir en boîte avec Patricia. Allons danser. Martine, de son côté, termine son service à la crêperie du port où elle travaille pour se faire un peu d'argent de poche.

Je me souviens.

Je remue sans grâce sur la piste avec Patricia, tout heureux de cette sortie réussie. Et puis... L'arrivée de cette ombre étrange, surgissant au milieu de la nuit. Un homme en uniforme. Un gendarme.

Il s'approche de mon oncle, lui demandant de le suivre à l'écart. Près de la piste, la musique est trop forte pour que mon oncle entende la nouvelle qui va définitivement briser sa vie. Je me souviens de mon oncle. Il penche la tête vers le gendarme, déjà inquiet, déjà livide.

Quelques mots du fonctionnaire. Mon oncle s'écroule sur place. L'homme en uniforme le rattrape de justesse.

Il vient de lui annoncer la mort de Martine. Sa fille. Renversée par une voiture, tuée sur le coup sur la route entre la crêperie et la boîte de nuit.

Je me rappelle du choc. Je me rappelle des « si seulement ». Si seulement nous n'étions pas sortis en boîte, elle n'aurait pas cherché à nous rejoindre avec son deux-roues. Si seulement elle n'avait pas trouvé ce job à la crêperie, elle serait venue avec nous en voiture. Si seulement il avait plu, elle serait rentrée directement chez elle. Si seulement on pouvait revenir à hier.

Si seulement.

Tout drame, tout accident, tout malheur est certainement suivi de sa cohorte de « si seulement ».

La mort en pleine poire. La mort en plein été. Encore l'été. Le froid glacial. La chape de plomb.

Martine, où es-tu ? Le matin si vivante, si gaie, si pleine d'envie, si pleine d'avenir. Le soir si inerte. Ce corps juvénile allongé dans un coin du salon. Intacte.

Violence des sentiments. Le visage de mon oncle. Le visage de ma tante. La folie dans leurs yeux battus par le désespoir. La vie qui abdique. La vie qui bat en retraite. La vie qui se meurt.

Je me souviens de ce premier choc.

Je me souviens de cette première rencontre avec Madame.

Madame.

Jamais invitée, toujours de la fête. Madame est-elle plus fréquentable en hiver ? Madame a-t-elle de la pitié ? Madame est-elle haïssable ? Peut-on en vouloir à cette aristocrate insatiable ? Madame a permis au cœur d'Ève de repartir. Ève, si vulnérable à cet instant. Madame aurait pu nous emmener tous les deux avec elle, aujourd'hui. Une vague plus violente contre les rochers et nos vacances se terminaient en fait divers.

Visiblement, Madame en a décidé autrement.

N'est-ce pas ?

Vous en avez bien décidé autrement ?

Rien.

Le silence.

Ma question reste en suspens dans l'habitacle de mon Renault Espace.

Je repense à Martine. Je ne peux pas effacer son visage de ma mémoire. Sa pâleur. Son expression d'étonnement. Pourquoi ?

Je roule à quatre-vingt-dix, pas plus, je n'ai pas le droit de me planter, Ève a besoin de moi, elle est toute seule, là-bas, à Pau, allongée dans je ne sais quelle chambre. Je me reprends, j'essaie de penser positivement. À quoi puis-je me raccrocher ? Je suis profondément athée, ce n'est pas maintenant que je vais me tourner vers Dieu.

Non, il n'y a qu'elle et moi. On doit s'en sortir sans aide. Elle et moi.

La route m'appartient. Peu de monde sur l'asphalte. Je m'arrête à une station-service pour rassurer Pierre, et pour acheter des cigarettes. Une pause ne me fera pas de mal.

— Pierre ? C'est moi, je suis sur l'autoroute, dans trente minutes, je suis à Pau.

Il soupire. S'en suit une conversation déconcentrée.

— *C'est pas raisonnable...*

— Ne t'inquiète pas, ça va, je roule tout doucement, je ne suis pas inconscient, si je le fais, c'est que je peux le faire.

— *De toute façon, on n'aurait pas pu t'empêcher...*

— Non, on n'aurait pas pu m'empêcher.

— *Tu m'appelles quand t'arrives !*

— Je roule à quatre-vingts, promis.

Je raccroche.

Je me dirige vers la station, essayant de ne rien laisser paraître de ma situation face au quidam qui traîne là. Je boitille, mes pieds sont à moitié bandés. Mes bras écorchés sont cachés sous le blouson en velours que j'ai réussi à enfiler au prix de quelques grimaces.

Je vais me servir un chocolat, j'achète des cigarettes. J'en fume une rapidement, je bois deux gorgées du breuvage dénué de goût. Je le jette, écœuré.

Je reprends mon périple. Je roule, je m'adresse à nouveau à Ève en serrant le poing.

« Accroche-toi, t'as bien nagé dans les vagues, t'as résisté, tu vas y arriver, je vais te donner toute ma force ! »

Encore vingt minutes de conduite confuse mentalement. Pensées sombres, visions dramatiques, deuil inconsolable, larmes sèches, vies brisées, famille détruite. Je parviens à censurer mes divagations. Elle va vivre.

Je prends la sortie « Pau ». Mon stress, pourtant déjà poussé au maximum, monte d'un cran. Un rond-point. Je me remémore les indications du docteur Descamp. Un panneau. Pôle de santé. Un autre rond-point. Reste concentré. Pôle de santé.

Je passe devant une clinique avant d'apercevoir l'hôpital François Mitterrand.

Tout est éteint. Tout semble endormi. Il est presque minuit. Je me gare dans un coin isolé. Je prends mon sac à dos. Je descends de la voiture. Désert total. Total silence.

Je tente de respirer doucement, mais je ne peux m'empêcher d'haleter. J'ai peur d'entrer dans l'hôpital. Je suis terrorisé. Seul. Si seul.

Je tremble d'effroi dans le calme de ce grand parking sombre. Il fait bon en cette nuit d'été. Pourtant, je gèle.

De nombreuses silhouettes d'arbres se dessinent autour de moi. J'aime les arbres. Je les respecte. J'ai toujours voulu faire quelque chose pour les aider. Je crois en leur force. Je choisis l'un d'entre eux, pas le plus gros, juste l'un d'entre eux. Je m'approche, attiré, tel un aimant, par son écorce. Je n'hésite pas. Mon geste devient instinctif. Je serre l'arbre dans mes bras. J'implore son aide. Je murmure dans son écorce. Je me glisse en son sein.

– Aide-nous, s'il te plaît, tu es fort, tu peux nous aider, je le sais... Tu veux bien ? Donne-nous ta puissance. Ève a besoin de toi, de tes racines, de ton oxygène...

Je l'étreins quelques instants en fermant les yeux. Je me régénère à son contact. Je l'embrasse. Je me détache de lui. Je ne me sens plus seul. Je suis prêt.

Prêt à l'affrontement. Prêt au combat.

Je me dirige en titubant vers les urgences, la gorge sèche.

Les urgences.

Je respecte les indications du docteur Descamp, à la lettre. Que faire d'autre ?

L'endroit, immense, moderne, semble conçu pour vous happer. Personne. Pas âme qui vive à l'horizon.

Je pousse la porte. Je me retrouve dans un hall peu éclairé. Une infirmière, coincée derrière son desk, lève la tête vers moi.

— Je suis le papa de la petite qui vient d'arriver en réanimation...

— Ah, oui, Betty ?

— Non, Ève.

— Ève ? Ah, on m'a dit Betty, treize ans...

— Non, Betty c'est sa sœur, c'est Ève qui a eu l'accident, elle a quinze ans.

— Je suis désolée, je vais corriger ça tout de suite.

— Où est-elle ?

— On va vous conduire, ce n'est pas de ce côté de l'hôpital.

L'infirmière se retourne vers une collègue.

— Tu emmènes monsieur en réanimation adulte ?

Elle semble découvrir mon état seulement maintenant. Elle me regarde de bas en haut, avec de grands yeux ronds.

— Et vous, ça va ?

— Oui, on m'a soigné aux urgences de Bayonne.

— Suivez-moi.

J'emboîte le pas de cette silhouette dont je n'ai aucun souvenir précis. Nous traversons ce vaste bâtiment, moderne, cet immense complexe qui n'a pas vraiment l'aspect d'un hôpital. J'ai du mal à suivre l'infirmière. Elle ralentit le pas pour ne pas me semer. Je traîne mes pieds nus sur le sol froid, lisse. Nous montons dans un ascenseur qui nous conduit à la salle d'attente de la réanimation.

À partir de cet instant, je ne peux certifier exactement l'ordre des choses. Par contre, je pense me souvenir de l'essentiel.

Je suis accueilli par au moins deux infirmières, et le docteur Descamp. Je me souviendrai toute ma vie de son visage. Il porte le masque d'un homme qui doit annoncer le pire. Il semble lui-même secoué. Loin de l'image du docteur aguerri aux souffrances des autres. Non, il semble vraiment concerné, sonné même.

Il me parle fermement. Il me parle cash, se délestant d'un poids invisible.

– Comme vous le savez, votre fille s'est noyée, avec arrêt cardiaque. Son état est très, très préoccupant. On a mis toute une procédure en place, on fait tout notre possible, elle est sous respirateur artificiel, complètement endormie, elle ne souffre pas, mais ses chances de passer la nuit sont faibles...

J'éclate en sanglots.

Je tombe assis. Je ne peux pas tenir debout.

Je murmure au docteur :

– J'ai essayé de la sauver, j'ai pas réussi, j'ai pas réussi à la sortir de l'eau...

Un silence, le toubib m'observe, impressionné par mon état physique et moral.

– Vos blessures, c'est en la secourant ?

– Oui, dans les rochers, les vagues. Elles faisaient au moins deux mètres, c'était l'enfer.

– On vous a soigné ?

– Aux urgences, à Bayonne.

– Venez, on va s'occuper de vous...

Je reprends mes esprits et mes souvenirs, entouré de deux ou trois infirmières qui me soignent à nouveau. J'enlève mon tee-shirt. Elles désinfectent mon dos qui avait été négligé, mes coudes, mes genoux, mes pieds qui me brûlent.

Je crois que je leur raconte l'histoire comme je peux. Tout le monde est adorable avec moi. J'ai l'impression d'irradier une dose massive de détresse, de souffrance, de malheur.

Je suis recueilli comme un naufragé. Un échoué des vacances. Je suis venu pour « visiter » ma fille, et me voilà devenu un patient. Je me laisse faire, j'ai besoin d'être remis sur pied avant de me rendre auprès d'Ève.

— Je peux la voir ?

On m'aide à me relever, on me dirige dans la bonne direction, tel un handicapé de la vie.

Je me retrouve dans le service réanimation, unité « Est ». Un endroit feutré composé d'une grande salle moderne où donnent les portes de cinq pièces vitrées.

On me conduit vers sa « chambre ».

Une porte coulissante. Derrière cette porte, ma fille dort, allongée sur un lit, entourée d'un nombre incroyable de tuyaux, d'appareils, de diodes, d'écrans, de chiffres...

La pièce baigne dans une douce pénombre.

Ève dort d'un sommeil stérile, fragile et artificiel. Son visage, serein, ne porte aucune trace de l'accident. Un gros tube relie ses poumons à un respirateur qui fait un bruit régulier, rapide. Les épaules d'Ève bougent au rythme dément du respirateur, donnant l'impression qu'elle est essoufflée. La machine maintient Ève en vie à la cadence d'un métronome.

Un drap couvre entièrement Ève, sans la toucher. Il flotte au-dessus d'elle. Je remarque qu'un ventilateur, installé au pied du lit, distille de l'air sous le drap, le maintenant gonflé.

Je craque à nouveau. Je ne veux pas pleurer, pourtant je fonds en larmes, en silence.

Mon bébé, comment peux-tu être là, dans cet état ? C'est pas possible. C'est de ma faute. Le chagrin m'écrase un instant. Le choc.

Je me reprends.

Elle vit. Elle vit.

Je n'ose pas la toucher, ni la frôler.

Je lui dis quelque chose comme :

— Papa est là, mon amour, je suis là, tu vas t'en sortir, je suis là, tu as été tellement courageuse dans les vagues, j'étais là, tu t'en es sortie, tu es forte, on va se battre, prends ma force...

Je serre les poings, essayant de lui envoyer le peu d'énergie qui me reste dans le corps. Je reste là, près d'elle. J'ignore combien de temps. Pas trop longtemps, sans doute.

Je me revois ensuite avec les infirmières. Je n'ose poser aucune question. Aucune. Je ne suis pas en état d'encaisser les réponses, de connaître la vérité.

Une infirmière me demande ce que je vais faire, maintenant. Où je vais aller. Je n'ai pas du tout réfléchi à ce genre de détail.

— Je ne sais pas, je vais dormir dans la voiture, pour rester près d'Ève.

L'idée leur semble insensée.

Le personnel de ce service, dévoué, humain, généreux, décide de s'occuper du naufragé, de l'accompagner jusqu'au bout de la nuit. Ils me proposent de me prêter la « chambre des internes », le docteur Descamp sera sûrement d'accord pour que je me repose là quelques heures.

Justement, le docteur réapparaît. Oui, bien sûr, il est d'accord.

D'accord pour garder un œil sur ce papa en piteux état.

Jamais il ne laisserait repartir dans la nature cet homme blessé dans sa chair, anéanti dans son cœur, détruit dans son esprit.

— Vous allez dormir un peu. C'est par ici.

Le docteur m'entraîne derrière lui, vers une petite chambre basique. Un lit, un lavabo.

Avant de me laisser, le docteur me prévient d'une voix mal assurée :

— Il est possible que je vienne vous réveiller cette nuit…

Je comprends ce qu'il sous-entend. Je le regarde, répondant du tac au tac.

— Non docteur, vous ne viendrez pas…

Il a un petit hochement de tête pessimiste, mais n'ajoute rien. Il me laisse me disloquer en paix.

Une infirmière m'apporte une serviette, un cachet anti-douleur, et du savon désinfectant. Tant de sollicitude me réconforte. L'inconnue en blouse bleue me conseille de faire mon possible pour me reposer.

Je lui dis que la maman, mon ex-femme, m'a laissé un message, qu'elle arrive à 6 heures 45 à Pau, par le train de nuit, que je dois aller la chercher à la gare, il faudrait me réveiller à 6 heures.

Elle me sourit.

— D'accord, on viendra vous réveiller à 6 heures...

La porte se referme.

MARDI
ENVIRON UNE HEURE DU MATIN

Me voilà seul dans la chambre exiguë des internes. Une pièce oblongue, éclairée par un néon diffusant une lumière pénible.

J'essaye de reprendre mes esprits un instant, histoire de me détendre. Exercice difficile. Un étranger a pris possession de tout mon être. Un étranger hystérique, incontrôlable, fiévreux, délirant. Une sorte de double indésirable.

Un parasite effroyable.

Commence alors la pire nuit de mon existence.

J'ai froid, j'ai mal partout, je grelotte, je sens l'état de choc qui revient à la surface. J'éteins le néon.

Je tente de m'allonger. Mission impossible, j'ai des éraflures sur le dos, sur les côtes, sur les pieds, sur les genoux. Je me cale comme je peux sur le lit, à moitié assis, à moitié sur le côté, à moitié dans le vide.

Mes tremblements augmentent de plus en plus. Je grelotte. J'ai du mal à penser.

Je culpabilise, je revois les images de l'accident. Ève qui dérive le long de la digue, ma course, mon sauvetage catastrophique, la vision de notre mort commune, ma sortie de l'eau, la plage, le massage cardiaque, l'ambulance, les vagues brutales, Ève sur son lit...

J'ai peur. Je me sens petit, faible, vulnérable, impuissant, inutile, désarmé, responsable...

J'ai tellement peur. Des spasmes incontrôlés percent mes abdominaux, transmettant des secousses dans tout mon être. Je tremble puissance dix.

Exsangue, à bout, je parviens à somnoler, mais les contractions me réveillent, rythmant ma « nuit ». Des décharges électriques me tétanisent l'estomac pendant de longues minutes.

Au petit matin, je sens que la fièvre me ronge. Je coule comme une pierre. Je me sens mal. Vraiment très mal. Les spasmes augmentent en intensité, j'ai mal au cœur. La nausée.

Je me lève en me tenant au mur. Je tangue lamentablement jusqu'au lavabo. Des douleurs inconnues rongent mon ventre. Mes abdominaux n'en peuvent plus d'être victimes de ces décharges électriques qui les tendent aussi fort que le cordage d'une raquette de tennis.

Je m'accroche au lavabo. Des sueurs froides coulent sur mon front. Je reste ainsi quelques minutes. Je n'ai pas vomi depuis des années. Je déteste la sensation. Certains s'habituent, moi pas. Le haut-le-cœur passe.

Je retourne vers le lit en titubant. Je mets quelques secondes à me recaler entre deux plaies. Je m'évanouis littéralement avant d'être réveillé par de nouveaux coups de sagaies portés autour du nombril.

L'envie de dégueuler revient en force.

Je me relève en catastrophe, dans un état second. Je reprends mon périple jusqu'au lavabo blafard. Cette fois, rien à faire, les convulsions ont gagné. Mes boyaux se tordent. Je vomis. Je suis au fond d'un trou sans fond. Je suis l'ombre de moi-même. Je souffre.

Je ne sais pas quelle heure il est, je me souviens à peine de l'endroit où je me trouve.

Par contre, je n'ignore rien des causes de ma présence ici. Ma fille lutte pour sa survie à quelques mètres de moi.

Je resterai K.-O. à jamais si le docteur vient me voir comme il l'a évoqué. Inconsolable.

Je suis liquéfié. Je dois arrêter de penser quelques instants avant de devenir dingue.

Dormir. Je dois dormir.

Je m'écroule sur le lit, à moitié dans les vapes. Je sombre après un court moment de désespoir total.

Noir.

MARDI
06 H 00

On toque à la porte. Je sursaute. Je m'aperçois que le jour commence à se lever dehors. Je n'ose pas connaître l'identité de celui qui frappe.

— Oui ?

Une infirmière entrebâille la porte.

— Il est 6 heures.

Elle est accompagnée d'un collègue homme. Ils me regardent tous les deux. Je dois vraiment avoir l'air mal en point.

— Ça va ?

— Non, je me sens moyen.

— Vous avez de la fièvre ?

— Je ne sais pas, peut-être… J'ai vomi, j'ai tremblé…

— Vous n'êtes pas en état d'aller à la gare.

— Non. Je crois que je ne peux pas conduire. Je vais appeler la maman, elle prendra un taxi…

— C'est mieux. On va vérifier votre température, il faudrait que vous mangiez quelque chose.

— Ça ne passera pas.

— On va vous faire un thé.

— Bien sucré.

— Bien sucré.
— Merci… Et Ève ?
— Toujours pareil, vous verrez avec le docteur.
— Elle a passé la nuit.
— Oui. Elle a passé la nuit.

Ils me laissent à nouveau seul. Je m'asperge le visage avec de l'eau, je me lave succinctement, avant de retourner m'allonger sur mon lit de fortune. Je parviens à me détendre quelques minutes, à me calmer.

Ça va.

Ève est toujours là. Le docteur n'est pas venu me voir cette nuit. Je le savais.

J'appelle le portable de l'ami qui accompagne Roseline, un certain Thierry. Répondeur. J'aime autant. Aucune envie de parler. J'ânonne d'une voix faible. Je leur annonce que je ne suis pas en état d'aller les chercher à la gare. Le taxi reste la meilleure solution. On se retrouve à l'hôpital. Je raccroche.

L'infirmière revient avec un petit plateau. Un thé, des biscottes, de la confiture.

— Merci.

— Je vais vérifier votre température. On va le mettre sous le bras…

Elle sort son thermomètre. Je soulève docilement mon tee-shirt. Je ne savais pas qu'on pouvait prendre aussi simplement la température. J'ai l'impression que le résultat tombe deux secondes plus tard, j'ai dû avoir une petite absence… Certainement… Ça doit être ça.

— Trente-huit huit. Vous avez un peu de fièvre. Je vous laisse, essayez de manger.

Je parviens à siroter le thé, et je me force à grignoter la moitié d'une biscotte avec de la confiture. Je dois manger. Je n'ai rien avalé depuis midi la veille, et en plus, j'ai rendu le peu de réserve qui me restait dans l'estomac.

Je n'ose plus bouger de cette pièce. Je me sens en sécurité. Je reviens peu à peu à moi.

Pour la première fois, je jette un vrai coup d'œil à mes blessures. Genoux bien entaillés, tibia et les deux pieds bandés, les coudes abîmés, et dans le dos, je ne peux pas voir.

Je vais mieux. En tout cas, je me sens en mesure de tenir debout. Je peux affronter la suite. Je peux retourner voir Ève.

Je sors de la chambre. Je me retrouve dans un vaste couloir, où je croise rapidement quelqu'un. Je demande à parler au docteur.

— Je vous l'appelle.

J'ai l'impression que je n'attends pas très longtemps avant de reconnaître la silhouette du docteur Descamp qui s'avance vers moi.

— Vous avez pu vous reposer un peu ?

— Oui, merci.

— On m'a dit que vous avez vomi, et que vous avez de la fièvre, vous avez respiré de l'eau pendant votre sauvetage ?

— Je ne sais pas.

— Il faut surveiller ça, vous irez faire une radio des poumons.

– Où ?

– Vous allez aux urgences, je les préviendrai.

– Je peux revoir Ève ?

– Bien sûr.

– Elle va mieux ?

– Son état est stationnaire. Sachez qu'on l'a mise sous curare pour bloquer tous ses muscles, c'est l'appareil qui la fait respirer, mais même avec la machine à fond, votre fille ne perçoit que 20% de ses besoins en oxygène. C'est très très peu, c'est pourquoi on a descendu sa température corporelle en l'allongeant sur un lit de glace et en plaçant un ventilateur, pour limiter ses besoins, pour protéger son cerveau. Tout ça est très fragile, on ne peut même pas la bouger pour changer son drap...

Je ne réponds rien. Encore une fois, je ne pose plus de question, je ne veux rien savoir d'autre. J'ai simplement demandé si elle allait mieux et je m'en prends plein la gueule.

Je conclus simplement en rappelant au docteur :

– Je vous l'avais dit, vous n'êtes pas venu me voir cette nuit.

Il ne répond pas. Il me regarde en silence, et vaque à ses patients.

Je retourne voir Ève.

Il fait jour, cette fois. Je la félicite pour sa lutte de cette nuit. Je le lui avais dit, elle est forte. Elle est la meilleure, je suis fière d'elle.

J'observe l'appareillage complexe qui la maintient en vie. Je remarque la feuille A4 scotchée sur un bras articulé au-dessus du lit, on peut y lire : « Patiente curarisée. »

Je remarque les chiffres sur les écrans, les graphiques, les pulsations cardiaques, les taux, les perfusions. Je remarque l'atmosphère stérile de l'endroit. Pas une poussière ne vole sous la lumière rasante de l'aube naissante.

Je remarque comme Ève semble sereine, tellement vivante, tellement belle. Ses épaules montent et descendent au rythme du respirateur artificiel. Un rythme très rapide, très sec, très mécanique, d'une régularité d'horloger. Métronomique.

— Respire Ève, que tout ton corps s'oxygène, que tu reviennes à la vie. Ton cœur bat, tu es là, sois forte, ne lâche rien, mon amour.

Je me remets à pleurer, des larmes venues du fond de mon ventre, des larmes issues d'une émotion totalement inconnue, indéfinissable, une émotion primaire, violente…

Je me reprends rapidement. Je dois envoyer des ondes positives à ma fille qui lutte à quelques centimètres de moi. Je me concentre. Je me relie à Ève. Je me connecte. Je lui envoie tout mon amour, toute mon énergie vitale.

En moins de deux minutes, je suis épuisé, rincé, vidé.

Je sors de la chambre, me retrouvant dans le SAS extérieur. J'halète à nouveau, le souffle court.

On m'apprend que la maman est arrivée, qu'elle a vu Ève, que la prochaine visite est programmée pour 12 heures 30. Le personnel consacre la matinée aux soins des patients.

Je sors de la zone réanimation. Je retourne à la chambre des internes où mes affaires sont restées. Je me perds dans cet hôpital moderne. Je croise une infirmière qui m'accompagne au bon endroit.

Elle constate que j'ai bu la moitié du thé, et que j'ai mangé un tiers de la biscotte, sans doute avec de la confiture puisque la petite barquette est entamée. Elle me félicite en s'adressant à moi comme si j'étais un enfant. Elle n'a pas tort, j'ai l'impression d'avoir besoin d'une maman. Besoin de me réfugier un instant dans ses bras protecteurs. Impossible, ma mère est morte quand j'avais dix-huit ans. Depuis, je me débrouille comme je peux.

Je récupère mon sac. L'infirmière m'indique la sortie. Le personnel de ce service, zélé, fait son métier à merveille.

Je traverse un long couloir qui conduit à une pièce faisant office de vestiaire pour les familles venues visiter les patients en réanimation.

Personne.

Je me retrouve ensuite dans la salle d'attente de la zone réanimation. Une dizaine de chaises en tissu, une horloge au mur, un comptoir pour l'accueil. Une décoration couleur pastel, neutre.

Personne.

Cet endroit ne donne pas l'impression d'être au centre d'un hôpital. D'ailleurs, je note seulement maintenant qu'à aucun moment, je n'ai senti cette fameuse « odeur d'hôpital », si caractéristique.

Personne n'attend en salle d'attente.
Désert total.
Normal, les visites des familles ne démarrent pas avant midi.

MARDI
9 H 30

Je me demande où est passée Roseline, la maman. Elle a vu Ève, elle doit être là depuis un moment, je ne l'ai pas croisée en réanimation, elle n'est pas en salle d'attente.

Je monte dans l'ascenseur. J'appuie sur « 0 ».

J'arrive à un autre couloir. Sortie à gauche. Je clopine le long d'un ultime couloir. À ma droite, un petit bar-cafétéria-presse, à ma gauche, l'accueil de l'hôpital.

Je me dirige vers le hall d'entrée. Je suis maintenant dehors. Je repère Roseline qui fume une cigarette en compagnie de Thierry. Ils me regardent avancer vers eux. Je dois n'être qu'une pâle copie de moi-même. Je lis de la compassion dans leur regard.

Je tiens mon sac à dos sur l'épaule, et mes sandales dans la main droite. Je marche difficilement, gêné par mes pieds nus à moitié bandés, meurtris. Je porte toujours le même bermuda, celui que j'ai mis avant de partir de chez mon frère. Le bermuda laisse apparaître les diverses entailles qui couvrent mes genoux et mes tibias.

On se salue bizarrement.

— Tu t'es bien amoché !

— Ça va, c'est pas grave.

Roseline ne me demande pas ce qu'il s'est passé exactement la veille. Elle ne me fait aucune réflexion, aucun reproche. Elle ne me pose aucune question. J'en suis un peu étonné. Je m'attendais à un accueil différent. Pas forcément inquisiteur, mais plus culpabilisant. Je comprends très vite que pour elle comme pour moi, ce qui prime, c'est Ève. Là, maintenant, tout de suite, au présent. Nous savons tous les deux que la vie de notre fille tient à un souffle. Il faut s'y accrocher. Rien d'autre ne compte.

Il est environ 9 heures. Prochaine visite 12 heures 30. Nous devons nous organiser pour la suite.

Nous nous dirigeons vers la voiture. Je ne me rappelle plus exactement où elle se trouve dans l'immense parking. Nous la repérons rapidement. Thierry, vu mon état, me propose de conduire. J'accepte. Je lui tends les clefs.

Roseline me résume son parcours depuis que le pompier l'a informée de l'accident, la veille. Elle venait juste d'arriver du boulot quand elle a reçu notre coup de fil lui apprenant que sa fille s'était noyée. Elle a d'abord cru au pire, avant de réaliser qu'Ève avait été ranimée. Elle a failli s'écrouler. Elle devait absolument se rendre à Pau. Dans son état émotionnel, elle était incapable de chercher les horaires des trains sur Internet. Elle a donc appelé Thierry qui l'a aidée. Seule solution, le train de nuit.

Thierry est venu chercher Roseline pour l'emmener à la gare. 11 août. Train bondé.

À peine arrivée sur le quai, Roseline fut, elle aussi, appelée par le docteur Descamp qui lui décrivit l'état d'Ève et son peu d'espoir quand à l'issue nocturne. Achevée par ce coup de fil, Roseline s'est affalée sur place. Thierry décida de ne pas la laisser seule dans cet état, et d'effectuer le voyage avec elle. Ils expliquèrent brièvement leur cas au contrôleur qui compatit, et les plaça, seuls, dans un compartiment première classe.

Évidement, la nuit fut horrible, l'attente terrifiante, le voyage interminable.

Fin du résumé succinct de sa soirée du lundi.

Nous atteignons le coin du parking où nous attend mon monospace.

Avant de remonter en voiture, je pense à mon arbre. Celui que j'ai imploré la veille. Lequel était-ce ? Qui, parmi les nombreux arbres du parking, m'a écouté cette nuit ?

J'hésite entre deux d'entre eux, avant d'identifier mon ami. Je me mets à boitiller vers lui sans prendre la peine de me justifier auprès de Roseline et Thierry, qui sont déjà installés dans ma voiture.

Je m'approche de l'arbre. Je regarde son tronc. Je m'aperçois que cet arbre n'est pas particulièrement grand, il ne dépasse pas les douze mètres, il n'est pas particulièrement majestueux, mais d'une beauté simple, unique. Il n'est pas particulièrement âgé, dans les trente, quarante ans peut-être, pas plus. Mais c'est mon arbre. Mon arbre. Celui qui m'a attiré cette nuit. Celui dans les bras duquel j'ai pu me réfugier. Celui qui va sauver ma fille.

Maintenant qu'il fait jour, je découvre qu'il s'agit d'un tilleul, reconnaissable à ses feuilles. Une face vert foncé, l'autre vert argenté, brillant.

Je le salue, je le caresse, je lui parle doucement. Je le remercie d'avoir soutenu Ève cette nuit. Je sollicite sa force, sa puissance, son oxygène. Je sais qu'il possède un esprit, comme tous ses frères. Je sais qu'il m'entend.

Je reste ainsi près de lui une minute ou deux, avant de rejoindre Roseline et Thierry.

Nous nous mettons en quête d'un hôtel à proximité de l'hôpital.

MARDI
10 H 45

Après un tour dans la zone du pôle médical, nous choisissons de nous arrêter au *Quick Palace Hôtel*, situé face au complexe hospitalier.

Direction la réception où une jeune femme souriante nous accueille.

— Avez-vous des chambres disponibles ?

Elle se penche sur le clavier de son ordinateur. Nous sommes en plein mois d'août, les touristes, nombreux dans la région, apprécient ces hôtels bon marché. Nous craignons de nous voir refouler.

— Oui, il reste des chambres.

Tant mieux. Nous n'allons pas être contraints d'arpenter Pau pour obtenir un logement.

— Très bien, nous avons besoin de deux chambres.

— Pour combien de temps ?

Cette question nous renvoie à l'incertitude qui plane tout autour de nous.

— Pour combien de temps ?

D'un côté, nous espérons que nous sommes là pour un petit moment. De l'autre, nous espérons que ce petit moment ne dure pas des mois.

Nous finissons par trancher :

— Deux ou trois jours, au moins.

La jeune femme me tend la clef. Chambre 25. Au fond du couloir à gauche. Je me tourne vers Roseline.

— La prochaine visite à l'hôpital se situe bien à midi ?

— Exact.

Nous décidons de nous rejoindre sur le parking de l'hôtel un quart d'heure avant l'horaire.

Je prends la direction indiquée par la réceptionniste. Fond du couloir porte gauche. Je me retrouve au RDC, dans une chambre prévue pour les personnes handicapées. Dans mon état, la réceptionniste ne s'est pas trompée : cette chambre me correspond. La salle de bains, vaste, est équipée d'une douche sans rideau, sans cloison. Un gros caisson en plastique. Un petit siège pliant, fixé au mur, permet de s'asseoir pour se laver.

J'appelle Pierre pour lui donner les « dernières nouvelles ». Ève est toujours là. Elle doit se battre. Les heures qui viennent seront déterminantes.

Mon frère écoute attentivement. Lui non plus n'ose pas poser les questions qui s'imposent. La première étant : combien de chance a-t-elle de s'en sortir ? Comme moi, il se raccroche simplement au fait qu'Ève vive. Son cœur bat. Elle respire artificiellement, faiblement, mais elle vit.

Je n'entre pas dans les détails des soins prodigués à Ève, ces détails succinctement expliqués par le docteur Descamp. Ces détails dont je n'ai pas saisi toutes les nuances, et qui me renvoient à trop de souffrances.

Je demande des nouvelles de Betty et Marie. Elles ont aussi subi un sacré choc : elles étaient présentes sur la plage, elles ont vu Ève allongée sur le sable, entourée des secours qui tentaient de la réanimer. Elles m'ont vu hagard, ensanglanté, en état de choc. Elles ont pris l'ambulance des pompiers avec moi, m'accompagnant jusqu'aux urgences.

Pierre me résume leur nuit, courte, difficile pour tous. Ils n'ont dormi que quelques heures. Les petites comprennent qu'Ève est dans un état très, très préoccupant.

Mon frère assure : bien que secoué, il a les épaules pour gérer la situation. Il a l'esprit plus clair que moi. Il reste près d'elles. Il a prévenu la base de Mont-de-Marsan où il travaille comme officier, il ne retourne pas travailler. Je peux compter sur lui. Je le remercie, je l'informe des horaires de visite, avant de raccrocher.

Je reste là, assis sur le lit, submergé de pensées toutes plus confuses les unes que les autres.

Je pense à Ève.

Un fil invisible me relie à ma fille. Je suis loin d'elle, mais je lui envoie tout mon influx nerveux. Je ferme les yeux, je serre les poings, je me concentre, et je lui transmets à distance toute ma force, tout mon espoir, tout mon soutien.

Je suis là, tout près de toi, on va s'en sortir, tous ensemble.

Je fronce les yeux, ma respiration s'accélère. Je suffoque à nouveau, le souffle court. Je ne sais pas pourquoi, j'ai l'impression d'étouffer tout d'un coup. L'émotion ? Le choc ? La fatigue ? Ai-je vraiment respiré de l'eau pendant mon sauvetage désespéré ?

Je me lève, je fais le tour de la chambre, les yeux rivés au sol.

Mes blessures me lancent sur tout le corps. Ces blessures me rappellent les rochers, Ève dérivant dans l'écume sauvage, les vagues intraitables. L'angoisse, la peur, le vide, le néant.

Je me reprends avant de sombrer dans le désespoir, le désespoir latent, qui reste tapi dans l'ombre, prêt à surgir au moindre relâchement.

Ne baisse pas ta garde.

Je décide de me pencher sur mes plaies. Je réalise que je n'ai pas encore vérifié sérieusement mon état. Simplement constaté les dégâts, à la hâte. Le combat va être long, éprouvant, je dois faire attention à moi, je dois rester debout, je dois me régénérer, dans le cas contraire, je deviendrai un poids inutile.

OK.

Les infirmières m'ont donné des compresses, un flacon de douche à la bétadine, des bandes, et du désinfectant.

J'ôte délicatement mon tee-shirt. Les coupures dans le dos collent un peu au tissu. Aucune blessure n'a eu le temps de cicatriser. Je me retrouve en bermuda, debout au milieu de la chambre. Je m'inspecte. Des entailles couvrent mes genoux, m'interdisant de me coucher sur le ventre. De nombreuses griffures déchirent mon dos, m'interdisant de me coucher sur le dos. Mon tibia gauche est bandé, suite aux points de suture posés par le médecin aux urgences de Bayonne. Je sens un hématome sous le pansement.

Mes deux pieds sont bandés. Le droit me brûle au niveau du coup de pied. Le gauche me lance sous le petit orteil où j'ai l'impression qu'on m'a enfoncé un clou.

Mes coudes portent également trace de ma rencontre avec les rochers de la Chambre d'Amour.

OK.

Je vais avoir besoin de marcher dans les prochaines heures, j'entreprends donc de soigner mes pieds. J'enlève doucement les bandes qui les entourent. Les compresses de gaz collent aux plaies. Je les arrose de bétadine pour les libérer de leur étreinte. Je constate que mes pieds ont subi de nombreux chocs. Rien de grave, mais les contusions sont assez sévères pour empêcher une marche normale.

Je me traîne jusqu'à la salle de bains, je m'assois sur le siège prévu à cet effet, et j'entreprends de traiter mes pieds au savon désinfectant. L'opération, peu douloureuse, dure seulement quelques minutes. Puis je retourne vers le lit afin de refaire mes bandages.

Mon portable sonne. Mon cœur s'emballe tout d'un coup. L'angoisse me submerge. Pourvu que ce ne soit pas l'hôpital.

Je décroche, en apnée totale.

– Chéri ? C'est moi... Je suis dans le train pour Bayonne...

Anna. C'est Anna. Ma femme. Elle a sauté dans le premier TGV pour venir nous soutenir.

Sa voix me remonte le moral, mais, à fleur de peau, je craque à nouveau. Je lui dis combien c'est dur. Ève est vivante, mais l'incertitude ronge chaque instant.

Anna tient le coup au bout du fil. Elle est là, avec moi, avec Ève, elle a passé une nuit affreuse à attendre, se sentant impuissante, mais maintenant, elle est en mouvement, elle arrive à Bayonne vers 15 heures. Pierre ira la chercher à la gare.

Je lui explique l'état d'Ève, la prochaine visite à midi.

La conversation ne s'éternise pas. Nous nous concentrons sur l'essentiel. Nous décidons qu'Anna fasse étape à Bayonne pour réconforter Marie et Betty. Pour la suite, on verra.

Le programme semble se dessiner heure par heure.

L'avenir à court terme.

Nous raccrochons.

MARDI
11 H 45

À MIDI MOINS LE QUART, je clopine jusqu'au parking, pieds nus, mes sandales en main. Impossible pour moi de mettre des chaussures, je supporte tout juste ces sandales légères.

Je rejoins Roseline et Thierry, son fidèle ami, qui prend à nouveau le volant. Direction l'hôpital.

Arrivés sur le parking, je demande à Thierry de se garer au même endroit que le matin, près de mon arbre. OK. On ne contrarie pas un père qui se raccroche à ce qu'il peut.

J'ai besoin de toucher l'écorce de mon arbre avant de retourner vers l'incertitude torturée.

Nous sommes en avance, après vérification, les horaires de visites démarrent non pas à 12 heures, mais à 12 heures 30. Nous attendons un moment dehors en buvant un café agrémenté d'une cigarette.

Je suis assis dans un coin, le regard perdu derrière mes lunettes de soleil rouges.

Je me souviens très bien de l'instant qui suit.

Thierry s'approche de moi, interrompant le flot de mes pensées tumultueuses. Il pose la main sur mon épaule et me glisse doucement.

– Ce n'est pas de ta faute.

Un petit mot gentil qui me transperce le cœur. D'un côté, Thierry a raison. Pourquoi me sentir coupable ? J'ai fait tout ce qui était en mon pouvoir pour la sauver. D'un autre côté, Thierry a tort : j'aurais dû dire à Ève de sortir de l'eau, et surtout, j'aurais dû réussir à la secourir. J'ai échoué. Et voilà le résultat.

Je ne réponds pas à Thierry. Il me laisse seul avec moi-même, s'éloignant de quelques pas.

Quoi qu'il en soit, sa démarche me touche. Il soutient Roseline, il tente de me réconforter. Cet homme est généreux. Sa position est délicate. Il fait ce qu'il peut, coincé entre deux parents plongés dans un suspense insoutenable.

Un ami précieux et fidèle pour Roseline.

L'heure de l'ouverture des visites arrive.

Seules deux personnes peuvent visiter un patient admis en réanimation. Cette mesure préserve les malades des risques d'infections. Thierry m'avoue qu'il est soulagé de ne pas pouvoir venir avec nous. À leur arrivée ce matin, il a accompagné Roseline au chevet d'Ève. Cette visite l'a fortement ébranlé. Entrer dans la chambre d'une enfant de quinze ans plongée dans un coma artificiel, dont la vie ne tient qu'à un souffle, constitue une épreuve redoutable.

Je comprends.

Je remarque que les gens autour m'observent du coin de l'œil. Ils doivent se demander ce qui m'a mis dans cet état. Mine défaite, traits tirés, épaules voûtées, pieds bandés, genoux et coudes écorchés. Je ne dénote pas en ces lieux de souffrance.

Roseline et moi nous dirigeons vers le service réanimation. Nous effectuons tout le trajet en silence. Nous allons avoir des nouvelles d'Ève. Nous avons peur de leur nature. Nous n'avons aucune idée de la suite des événements. Nous connaissons l'éventualité de l'issue fatale qui plane dans l'air, mais nous ignorons tout du rythme d'une guérison, si tant est que cette guérison soit raisonnablement envisageable.

La noyade. Ce vague concept se transforme en réalité terrifiante. Notre enfant s'est noyée. De l'eau de mer a envahi ses poumons. De l'eau salée s'est glissée dans ses veines. Sa respiration et son cœur se sont arrêtés. L'œdème pulmonaire fait son œuvre. Elle respire grâce à une machine. Devra-t-elle supporter longtemps cette assistance mécanique ? Ses poumons sont-ils irrémédiablement abîmés, fragilisés ? Des centaines de questions se pressent à l'entrée de nos cerveaux. Nous les repoussons une par une. Nous tenons debout grâce à l'énergie du désespoir, ou l'énergie de l'espoir, comment les différencier ?

L'inquiétude à l'état brut se distille dans tous les recoins de nos êtres.

Entrée de l'hosto. À gauche. Trente mètres. Ascenseur. Appuyer sur « -1 ». Sortie d'ascenseur.

Porte à droite. Service réanimation adultes. Salle d'attente. Accueil.

Une dame sympathique, pleine de compassion pour les visiteurs, se tient derrière son comptoir. Elle nous accueille avec un sourire plein de gentillesse. Décidément, le personnel de cet hôpital est particulièrement avenant.

Non, elle ne peut pas nous donner des nouvelles d'Ève. Il faut voir avec les médecins. Elle nous tend une brochure qui détaille le service réanimation. J'empoche le document sans même le regarder. Encore mon refus de ne pas me laisser parasiter par des mauvaises ondes. Je lirai cette brochure plus tard. La dame nous invite à nous asseoir, elle va prévenir le docteur de garde.

Nous nous asseyons.

Les dix minutes qui suivent s'étendent à l'infini. Que va nous annoncer le docteur ? Nous avons hâte de connaître la vérité, mais en même temps, nous préférerions nous recroqueviller dans un coin en attendant d'avoir plus de force pour affronter les faits.

Une femme de taille moyenne, menue, blouse blanche, âgée d'environ trente-cinq ans, s'avance vers nous.

— Bonjour. Je suis le docteur Volatron. Venez, je dois vous parler.

Elle se dirige vers une pièce voisine. Sur la porte, un écriteau : « Salle des familles ». Nous entrons derrière le docteur Volatron qui referme la porte avant de s'asseoir.

Roseline et moi restons silencieux. Le docteur expose la situation de sa voix douce.

— Ève a réussi à passer l'épreuve de la nuit, ce qui est une bonne chose, chaque heure gagnée est une victoire. Mais son état reste stationnaire. Comme on a dû vous le dire, ce qui nous préoccupe le plus pour l'instant, ce sont ses poumons. Ils ont subi une agression très grave. Nous avons mis l'assistance respiratoire à fond et Ève n'accepte que 20 % de ses besoins en oxygène. C'est très peu. Ceci nous oblige à la placer sous curare pour bloquer tous ses muscles afin qu'elle consomme moins d'oxygène. Nous l'avons également refroidie pour préserver son cerveau. Elle repose sur un lit de glace, et un ventilateur aère tout son corps. Nous sommes obligés de la maintenir en hypothermie, à 34°... De plus, sa tension nous inquiète également, nous lui donnons de fortes doses d'un produit pour qu'elle ne baisse pas trop... Tout ça reste très fragile... D'autre part, nous ignorons si Ève a percuté les rochers à la tête, pour déceler d'éventuels problèmes de traumatisme crânien. J'ai effectué un examen superficiel sans desceller de bosse, mais nous devrons faire un scanner quand elle sera transportable, ce qui n'est pas le cas pour l'instant.

Je réponds au docteur qu'*a priori*, elle n'a pas cogné les rochers, que j'ai fait barrage entre elle et ce danger. Mais je n'en suis pas sûr à 100%.

— Avez-vous des questions ?

Des questions ? Si nous avons des questions ?

Mauvaise question.

Évidemment, que nous avons des questions. Elles nous hantent par dizaines. La première, la principale, la plus importante des questions étant : « Quelles sont ses chances ? » Ses chances. Ses chances de s'en sortir, de se relever, de nous reconnaître, de parler, de se souvenir. De vivre.

Combien de temps avant un réveil éventuel ? Quelles séquelles craindre ? Durée de l'hospitalisation ? Pourra-t-elle respirer à nouveau seule ? Rentrer chez elle ? Les questions ne manquent pas, mais aucune ne parvient à sortir de nos bouches cousues par la peur des réalités.

— Avez-vous des questions ?

— Non, aucune.

Nous devons d'abord digérer ce qu'elle vient de nous exposer avec professionnalisme.

Franchise, tact, vérité.

— Vous pouvez aller la voir.

Le docteur repart, nous laissant suivre le protocole pour nous rendre dans le service réanimation.

La dame sympathique nous reprend en main. Décidément, ici, tout fonctionne comme du papier à musique. Cet endroit doit accueillir en permanence des échoués de la vie. Le personnel de l'hôpital fait son travail à merveille, avec dévouement, patience, générosité, sans jamais tomber dans le pathos.

La dame nous conduit vers le vestiaire et nous explique qu'il faut passer une blouse stérile, des petits chaussons en plastique, et surtout bien nous désinfecter les mains à l'aide du produit contenu dans un distributeur. On appuie trois fois sur le poussoir, et on se frotte bien les mains.

Après une préparation d'environ trois minutes, nous nous dirigeons vers le service où survit notre enfant.

Le long couloir beige, les portes qui s'ouvrent automatiquement, comme dans un souffle. Unité Est à droite. Encore des portes dont les battants s'écartent automatiquement, et nous voilà rendus dans la grande pièce qui dessert les cinq chambres du secteur.

Ève occupe la chambre numéro 14.

Les infirmières, nombreuses, disponibles, nous réceptionnent avec une grande humanité.

J'entre dans la chambre 14 en compagnie de la maman. Nous regardons le visage d'Ève. Elle dort paisiblement, l'énorme tube enfoncé dans la gorge. L'assistance respiratoire fonctionne toujours à plein régime, faisant monter et descendre les épaules d'Ève à intervalles réguliers.

Le métronome.

Le taux d'oxygénation flirte toujours péniblement avec les 20 %. Le ventilateur installé au pied du lit ronronne sous le drap qui flotte au-dessus du corps d'Ève.

Roseline commence à me donner ses impressions d'une voix faible, aiguë :

— Elle est belle...

Elle caresse le front de sa fille, le front étant le seul endroit qu'on puisse toucher sans craindre de déranger un fil, un tube, une sonde.

— Oui, elle est très belle.

— Ève ? C'est maman... Je suis là, près de toi, avec papa...

Je m'adresse à mon tour à elle :

— Tu es forte, ça va aller, mon bébé...

— Dis donc, tu en as des appareils pour te soigner, et les gens ici, ils sont tous gentils...

Je glisse à Roseline que je vais sortir, afin de la laisser seule avec Ève, qu'elle lui parle tranquillement. Je rampe hors de la chambre, repousse la porte coulissante derrière moi, et je m'assois sur la chaise voisine. Ma respiration s'emballe, l'angoisse réapparaît d'une façon fulgurante. J'halète. Je me mets à pleurer doucement. Une infirmière s'approche de moi.

— Ça va, Monsieur ?

— Oui, merci, c'est dur...

— Si vous avez besoin de quoi que ce soit...

— Merci.

Je me reprends au bout d'une minute. Je me lève, tourne sur moi-même en veillant à rester près de la chambre 14. Il faut éviter de passer devant les autres pièces où luttent d'autres patients. Intimité de la douleur des familles.

Le docteur Volatron m'aperçoit, s'approche. Elle me conseille d'aller aux urgences dans la journée afin de faire une radio des poumons.

— Vous avez peut-être respiré de l'eau, il faut rester vigilant.

Je promets de faire attention à moi. Elle me donne un cachet d'antibiotique, en prévision, au cas où. Je la remercie.

Je suis de nouveau seul. Je retourne auprès d'Ève. Sa maman, penchée sur la petite, se tourne vers moi.

— Tiens, voilà papa.

— On est là Ève, avec toi, ça va aller, tu n'es pas toute seule…

Roseline me regarde.

— Tu veux que je te laisse un peu seul avec elle ?

— Je veux bien, merci.

— Ève, je suis à côté, je vais te laisser un peu avec papa.

Roseline sort de la pièce, épuisée, rincée nerveusement. Je prends le relais. Je m'assieds près du lit, à côté d'Ève. Je glisse doucement la main vers son avant-bras, établissant un contact physique avec ma fille. Je ferme les yeux, et j'essaie de me connecter à l'esprit d'Ève. Établir une liaison, n'importe laquelle. J'agis sans réfléchir. Aucun de mes gestes n'est prémédité.

L'instinct. L'instinct me guide.

Je me concentre très fort. Je ressens une chaleur au niveau du front. Je transmets cette chaleur à mon bébé. Je pense à mon tilleul, à ses racines, à ses feuilles, à son oxygène, à son fluide, à son esprit. Je transmets ces pensées à ma petite. Je fronce les sourcils, je serre les poings. Je me mets à parler à voix haute.

– Je te donne toute ma force, Ève, toute mon énergie, tu es forte, tu vas lutter, tu vas revenir, prends cette puissance. Je te donne tout mon amour… On a été tous les deux dans l'eau, on s'en est sorti, j'ai été obligé de te lâcher, mais maintenant je suis là, avec toi, près de toi, je ne te lâcherai plus jamais, plus jamais. On est lié à vie. Avant déjà, on était lié, mais maintenant, on a ce truc entre nous. À la vie, à la vie, Ève. Je suis fier de toi, tu es tellement forte, tu as résisté toute seule dans ces vagues, tu es toujours là, avec nous… Tout le monde pense à toi, maman, Betty, tonton, Marie, Anna, Emma, Harry, Mouche, Djajou, Mamie, Papy Pierre, Jean Jean, Kiki. Tout le monde te soutient. Ça va aller, ma grande, t'es la plus forte… On a encore plein de trucs à faire ensemble, plein de chose à voir, hein ? Je suis sûr que tu m'entends, de là-bas, loin dans ton sommeil… Ils vont bien te soigner, et tu vas revenir en pleine forme…

Je me tais d'un coup, vidé de ma substance. Je fixe Ève. Le bruit du respirateur et du ventilateur en fond sonore.

Le métronome.

Je reste ainsi prostré sur ma chaise, minuscule. Des alertes retentissent sur les écrans. Je me redresse, inquiet, tous les sens en éveil, telle une louve égarée. Roseline, qui a dû entendre les sons stridents, apparaît sur le seuil de la chambre, aussi inquiète que moi.

Une infirmière surgit immédiatement, souriante, rassurante.

— C'est rien, ne vous inquiétez pas. Toutes les chambres sont reliées entre elles, comme ça, nous sommes prévenues d'une chambre à l'autre, et nous savons tout de suite qui a besoin de nous. Là, vous voyez, on doit aller vérifier la chambre voisine, ça ne sonne pas pour Ève.

L'infirmière profite de sa présence pour faire le tour du lit, ou plutôt le tour des écrans. Rythme cardiaque, tension, médication, assistance respiratoire... Roseline demande une ou deux précisions sur toute cette technologie. L'infirmière nous désigne le « plus important » : le chiffre en bleu sur l'écran, c'est le taux d'oxygénation. 20%. Le fameux chiffre faiblement fatidique. Là, c'est la tension, prise directement dans une artère ; le chiffre vert, c'est le rythme cardiaque, le rouge, la température, ou le contraire, je ne sais plus.

Les chiffres, implacables, nous crucifient sur place. Aucun d'entre eux ne rentre dans la normalité.

— Et ça ?

Roseline désigne une sorte de tour composée de boîtes en plastique dotées d'un compteur, de petites lumières, des boîtes empilées les unes sur les autres.

— Ça, ce sont les pousses seringues électriques, qui régulent la médication.

Un petit tuyau sort de chaque boîte, court vers le lit, et disparaît sous le draps qui couvre Ève. Sur la douzaine de boîtes, au moins dix envoient des produits dans le corps d'Ève, trahies par leurs petites lumières jaunes.

L'infirmière nous résume le plus gros. Un médicament pour la tension, un pour l'anesthésie, un pour la morphine.

Nous mesurons l'ampleur du combat. Respirateur artificiel, chimie, surveillance de tous les instants, lutte contre les infections, atmosphère stérile, personnel aux aguets.

L'infirmière repart comme elle est venue, nous laissant seuls avec notre impuissance.

Impuissance ? Non, le mot ne convient pas. Nous ne sommes pas impuissants. Nous pouvons agir, nous pouvons soutenir, nous pouvons accompagner.

Roseline caresse délicatement les cheveux d'Ève, le regard triste, si triste.

Je me penche vers ma petite fille, vers mon bébé, vers ma grande, et lui murmure à l'oreille :

— Je t'aime.

MARDI
14 H 10

Nous ressortons de l'unité Est sonnés, abattus, vidés. Roseline répète que 20 % d'oxygénation, c'est vraiment peu. Si ça n'augmente pas...

Je la coupe d'une voix positive. Il faut oublier les « si ». Ça va augmenter. Elle va s'en sortir, et elle va s'en sortir indemne. Roseline me regarde, pleine de doute.

— Je suis désolée, mais je suis comme ça, je préfère envisager le pire et être agréablement surprise que le contraire. Chacun sa manière d'être, toi, tu restes optimiste, moi, je suis réaliste.

Chacun sa manière d'être, en effet. Respectons nos attitudes mutuelles.

Nous rejoignons Thierry qui n'ose pas poser de questions. Nos mines défaites parlent d'elles-mêmes. Nous retournons vers la voiture en silence. Je ne manque pas d'aller caresser le bois protecteur de mon tilleul, le suppliant au passage de nous aider, de faire tout ce qui est en son pouvoir pour qu'Ève se rétablisse. Le moment est venu d'agir. L'arbre ne bronche pas. Il frémit au vent, bien planté dans le sol. Je sens qu'il m'écoute. Je sens qu'il entend mon message. Je sens qu'il ne va pas rester inactif.

Je regagne la voiture sous l'œil de Roseline qui semble déjà habituée à mon rite. Chacun se raccroche à ce qu'il peut.

Thierry prend le volant. Je monte comme un naufragé à l'arrière.

Nous allons déjeuner à la cafétéria du centre Leclerc situé tout près de l'hôpital. Enfin, déjeuner est un bien grand mot. Je parviens tout juste à avaler trois frites. Je me force, mais ça ne passe pas. Par contre, Roseline dévore tout son plat. J'admire son appétit.

– Il faut prendre des forces, affirme-t-elle.

Elle a raison. Encore une fois, chacun sa manière d'être, chacun sa manière de réagir.

Après le repas, Thierry me conduit devant les urgences de l'hôpital. Roseline et lui me poussent à aller faire la radio pulmonaire conseillée par les toubibs.

– Ce n'est pas le moment que tu tombes malade.

Je cède.

– OK, je vais voir s'il n'y a pas trop de monde. Attendez-moi deux minutes.

Je me dirige vers l'entrée des urgences. À peine arrivé, je remarque qu'au moins vingt personnes patientent en attendant qu'on s'occupe d'elles. Je renonce. On verra ça plus tard. Je fais demi-tour et rejoint la voiture.

Il pleut.

Il pleut lorsque nous regagnons l'hôtel en attendant l'heure de la prochaine visite.

Il pleut.

Je lève les yeux vers le ciel gris... Pourquoi n'a-t-il pas fait ce temps exécrable hier ? Les « si seulement » refont surface.

Si seulement il avait plu, Ève aurait pris le bus avec Marie, pour aller se promener à Biarritz, ou à Bayonne. Si seulement il avait plu, elle serait peut-être allée au cinéma. Si seulement il avait plu, Ève n'aurait pas choisi l'option plage, elle ne se serait pas baignée, et elle ne serait pas allongée, inconsciente, sur ce lit de glace...

Malheureusement, hier, aucun nuage n'est venu gâcher le paysage.

Le ciel était limpide. Le temps était sublime. Le fond de l'air doux et chaud. Un temps idéal pour aller à la plage.

À quoi ça tient...

MARDI
15 H 15

Quick Palace Hôtel.

Rez-de-chaussée.

Chambre 25 au fond du couloir à gauche.

Attendre.

Attendre jusqu'à la prochaine visite.

Espérer que le téléphone reste muet.

Tuer le temps.

Envie de rien. D'absolument rien.

La télé reste allumée sur France 2.

Les jeux olympiques de Pékin déroulent leurs épreuves. Les compétitions de natation. Le cube d'eau. Les médias dissertent sur le cas Manaudou qui enchaîne les contre-performances. Le stand de tir a ouvert ses portes. La championne, hier adulée, aujourd'hui crucifiée.

Quelle importance ?

Le monde m'apparaît futile, lointain, vain.

Quelle importance ?

Je tourne en rond dans les dix mètres carrés en préfabriqué. Je décide de me concentrer sur l'instant présent. J'ai envie d'appeler Paulo, un de mes amis toubib, pour qu'il m'en dise plus. Je m'abstiens. Pas le courage de parler, ni de savoir.

Savoir.

Réponses aux questions. Mille questions. Elles me hantent.

Pourtant, impossible de les poser.

Je pense à me ruer sur Internet pour me renseigner sur les effets d'une noyade de niveau « 4 », lire des témoignages, des chiffres, des diagnostics, des courbes, en savoir plus, là, maintenant, tout de suite. Les miracles existent, n'est-ce pas ? Oui, je l'ai bien compris, nous parlons bien de miracle. Le premier miracle étant cette première nuit, où la vie a résisté. Où le docteur Descamp n'est pas venu cogner à ma porte pour m'annoncer le pire. Putain, je veux des réponses. Non, en fait, pas la peine. Pas de réponses. Chaque cas est différent. Quand bien même Ève a une chance sur mille de s'en sortir indemne, cette chance existe. Notre énergie doit totalement se focaliser sur cette chance. Croire en la sève magique de mon tilleul. Croire. Oublier les « gravissime », les visages décomposés, la houle, les rochers, l'eau salée dans la bouche, éviter de réfléchir à l'affiche immonde pendue au-dessus du lit : « patiente curarisée ». Quand même, du curare. Poison plus violent, on ne doit pas trouver. Ils sont obligés de lui injecter cette saloperie pour la maintenir en vie. Du poison pour vivre. Le flippe total. Du curare pour tétaniser ses muscles, difficile à accepter. D'ailleurs, l'image me traverse, me transperce.

Admettons...

Si jamais un des soignants se trompe dans les doses de ce poison... Si jamais « on » lui administre quelques millilitres en trop... Si jamais la machine à respirer se grippe, se dérègle, s'emballe ... Si jamais le pourcentage d'oxygène baisse encore, jusqu'à quel niveau peut-on parler de respiration ?

20 %, ça signifie que son cerveau doit manquer cruellement d'air. Cela va-t-il créer des destructions neurologiques ?

Docteur, du curare, quand même, du curare. Je vous pose la question : au cas où il faille prolonger ce traitement de fou au curare, que va-t-il se passer ?

On part quand même de très, très loin.

Des mots terribles ponctuent chaque pensée.

Chances infimes, poison, agression pulmonaire, œdème, respiration artificielle, atmosphère stérile, infection, fragile, préoccupant, séquelles, coma, tension, artère, rythme cardiaque, sonde, diodes.

Je ne comprends plus bien OK je me calme je respire profondément j'oublie mes envies de savoir je n'ai pas d'autre choix que de faire confiance à l'équipe médicale impressionnante dévouée concentrée je le sens nous sommes bien tombés.

Chacun à sa place.

Ne pas se polluer le cerveau avec des estimations de survie.

Exit Internet.

Exit les réponses.

Rester concentré sur la vie. Dégager des ondes positives. Ne pas baisser la tête. Ne pas se plaindre. Compter sur l'inconscient. Sur l'irrationnel. Se régénérer auprès de mon tilleul. Sève. Écorce. Feuille. Au jour le jour, d'heure en heure, de minute en minute.

S'accrocher aux 20 % d'oxygène.

Oublier les 80 % manquants.

MARDI
17 H 08

Il pleut sans discontinuer sur Pau.

Thierry conduit mon Renault Espace vers l'hôpital François Mitterrand. Je vais effectuer une seconde tentative aux urgences avant la visite du soir.

Thierry me dépose juste devant l'entrée. Je franchis les portes coulissantes. Je jette un coup d'œil à la salle d'attente où, désormais, surprise, une seule personne patiente. Rien à voir avec la foule du matin.

Je signale ma présence à l'infirmière de l'accueil.

— Pourquoi voulez-vous voir un docteur ?

— J'ai peut-être respiré de l'eau hier, ma fille est soignée en réanimation...

— La petite qui est arrivée hier ? Vous êtes le papa ?

L'hôpital est immense, mais ça n'empêche pas les nouvelles de se propager comme un feu de paille au travers des couloirs, tels des papillons invisibles.

— Le docteur Volatron m'a conseillé de venir passer une radio des poumons.

— Je remplis votre dossier, et ensuite, vous attendez dans la salle qu'on vous appelle.

Je décline mon identité, je tends ma carte de sécu, ma carte de mutuelle, et je vais m'asseoir dans un coin.

Un jeune type, portable en main, tapote des textos à l'autre bout de la salle. Il m'observe du coin de l'œil, intrigué par les blessures qui balafrent mes jambes.

Je reste là, inerte, les yeux dans le vide, durant un petit quart d'heure.

— Monsieur L. !

Je sors de mes pensées décousues, difformes. Je me lève et boitille derrière l'infirmière qui me conduit vers la radiographie.

La radiologue photographie ma cage thoracique en me demandant ce qui m'est arrivé pour être ainsi blessé.

— Un mauvais moment dans les rochers...

Réponse laconique. Je n'en dis pas plus. Aucune envie de discuter. La radiologue n'insiste pas, elle me confie le cliché.

— Attendez salle 3, un docteur va venir vous voir.

Je vais docilement me réfugier en salle 3. Je suis épuisé. Je ne tiens plus debout. Une nuit blanche, le choc, le manque de nourriture. En combinant le tout, voilà ce que cela donne. Une loque désagrégée sur une table de soins.

On tarde à venir s'occuper de moi. Je m'en fous. Je m'étends sur la table où je me sens bien. Je n'ai pas envie de bouger. J'ai envie de me reposer un peu. Je n'ai pas hâte de retourner chambre 14. C'est trop dur, je ne suis pas en état.

Je vais me reposer un peu.

Noir.

MARDI
18 H 26

Je me réveille en sursaut, surpris par l'entrée d'un docteur dans la salle de soins où je me suis assoupi comme une pierre.

Une demi-heure d'absence.

Le toubib, un homme, petit, brun, avec un accent, s'excuse d'avoir interrompu mon sommeil. Il se présente. Un nom impossible à retenir. Il regarde mes radios pulmonaires et détecte en un coup d'œil des tâches blanches, suspectes.

— Bon, les marques blanches, là, ce n'est pas normal, ça veut dire que vous avez inhalé de l'eau de mer. Je vais vous mettre sous antibiotique. Vous reviendrez dans dix jours pour faire une radio de contrôle.

Le diagnostic ne me fait ni chaud ni froid. J'ai respiré un peu d'eau de mer ? Et alors ? Quelle importance ? Ma fille a eu les poumons totalement noyés. Moi j'ai bu une bonne tasse. Et alors ?

J'observe le type.

— Je dois revenir dans dix jours ? Ici ?

— Vous serez toujours là ?

— Je ne sais pas.

Il est au courant de la situation. Je le sens. Il comprend que ces questions somme toute banales revêtent un caractère très particulier. Il comprend mon trouble. Il comprend que je n'ai aucune envie de discuter. Il devine mon désarroi de père. Il vient de se souvenir que ma fille survit dans un coin de cet hôpital. Il n'a pas un mot pour me rassurer. Personne ne peut me rassurer. Surtout pas un médecin. Il ne sait pas quoi dire. Il regrette sa question.

Étrange comme un silence entre deux inconnus peut contenir autant d'informations. Il s'en sort honorablement en concluant :

— Vous verrez. Quoi qu'il en soit, je vous donne un RDV.

Il me laisse avec ma radio, mon ordonnance, deux sachets d'antibiotiques, mon RDV, et mes questions. Serai-je encore dans les parages dans dix jours ?

Dix jours. Une éternité. Je préfère ne pas y penser.

Je consulte l'heure sur mon portable. 18 heures 45. Le temps a filé. Je dois me dépêcher d'aller voir Ève.

Je sors des urgences, sous la pluie. Je fais le tour de l'hôpital en me traînant tel un escargot meurtri, bavant mon désarroi.

Entrée, couloir, ascenseur, vestiaires, décontamination, recouloir, unité Est, chambre 14.

Roseline discute avec un infirmier lorsque j'apparais dans la chambre. Un certain Jérémy, un jeune type, adorable. Il explique à Roseline comment fonctionne l'appareillage qui maintient Ève en vie. La médication avec les « pousses seringues » automatiques, les sondes, la prise de tension à même l'artère, le curare, les chiffres, les couleurs, les alertes.

Roseline me laisse seul avec Ève. Je m'assieds près d'elle, toujours impressionné par le mouvement métronomique qui agite ses épaules. Le respirateur artificiel tourne à fond.

L'oxygénation stagne à 20 %. Merde, il faut que ça monte.

Je commence à parler à Ève. Je lui dis que je l'aime, que tout le monde pense à elle, Harry, Betty, Pierre, Anna, Emma, Mouche, Marie, Charlie, tata Christine, JeanJean, papi Pierre, Jajou, mamie...

— Moi aussi j'ai respiré un peu d'eau en plongeant pour aller te chercher, rien à voir avec toi, mais je dois prendre un traitement. On va se soigner ensemble, on va guérir ensemble. Maintenant, on est lié tous les deux, on est proches. Avant, déjà, nous étions proches, mais aujourd'hui, on a un sacré truc en commun. On était tous les deux dans l'eau, là-bas, au bout de la digue. Toi et moi. Et on va s'en sortir. Respire bien, ma fille, respire. Je respire avec toi... Je te donne toute ma force, je n'en ai plus beaucoup, mais tu peux prendre ce qu'il reste... Et puis, on n'est pas tout seuls, on a les arbres avec nous. J'ai demandé à un tilleul qu'il nous aide, qu'il te donne tout son oxygène...

Je commence à pleurer, le souffle court. J'étouffe. Putain, c'est dur de tenir. Dur de se sentir impuissant. Dur de tenir la main de sa fille qui ne respire pas toute seule. Dur de la voir allongée sur de la glace, refroidie à 34°. Dur d'observer ce drap qui flotte au-dessus de son corps, tel un spectre patient. Dur de ne pas sentir l'avenir.

Je ferme les yeux. Je me calme. Je dois rester debout. Je dois être fort. Surtout devant Ève.

OK. Ça va aller.

Un docteur entre dans la chambre, sans un mot. Un nouveau visage, un autre visage, fermé celui-là, préoccupé. Pas bonjour, rien. Il fait le tour des appareils, note des chiffres, remplit des trous.

— Docteur ?

— Oui ?

— Je peux vous poser une question ?

— Je vous écoute.

— On peut sortir de la chambre, je préfère...

— Votre fille ne peut pas nous entendre. Elle dort profondément.

— Peut-être, mais elle doit être sensible aux ondes n'est-ce pas ?

Je n'aime pas qu'on discute informations médicales au chevet d'Ève. Elle reste plongée dans son coma artificiel, soit, mais rien ne prouve que son inconscient ne capte pas les sensations, les réactions, les ressentis.

Le docteur inconnu ne partage pas mes idées là-dessus, c'est évident, pour lui seule compte la science. Malgré tout, il me suit hors de la pièce. Je risque ma question sur le palier de la chambre. Histoire d'avoir son avis, là, maintenant.

— Vous pensez que ça va aller ?

— Elle tient depuis presque vingt-quatre heures, mais son oxygénation reste très faible. Malheureusement, les statistiques ne jouent pas en notre faveur.

Il retourne vaquer à ses occupations sans rien ajouter.

Les statistiques ne jouent pas en notre faveur.

Prends ça dans la gueule, papa. Les toubibs qui travaillent ici nous parlent cash, et ce depuis la toute première minute. Pas de faux espoirs. Pas de circonvolutions. Pas de gants. On expose le diagnostic tel qu'il est. Point barre. À nous de nous blinder, de faire la part des choses.

Les statistiques ne jouent pas en notre faveur. Statistiques. Je hais ce mot. Je ne veux pas connaître les statistiques qui concernent notre cas. Tout ce que je sais, c'est qu'Ève est vivante, et qu'elle va s'en sortir, avec ou sans les statistiques.

Putain de mathématiques.

Je le savais. Ne poser aucune question. Ne pas chercher à savoir.

Statistiques. La mode est aux statistiques. La loi des chiffres, la dictature des moyennes, la tyrannie des courbes.

Putain de mathématiques.

On nous asphyxie avec les mathématiques.

Vous avez 1 chance sur 5 d'avoir un cancer dans votre vie les hommes vivent 6 ans de moins que les femmes les Français ont 1,5 enfant les femmes mesurent 1 mètre 69 tout le monde est confronté 1 fois dans sa vie à un incendie vous avez 10 fois plus de chance de mourir dans un accident de la route qu'en prenant l'avion vous pouvez emprunter sur trente ans à 4 point 2 hors assurance 1 personne sur 2 est malheureuse au travail les mariages sont en baisse de 50 % attention la température idéale chez vous doit se situer autour de 19° sachant que 18 c'est mieux le froid conserve il faut manger 5 fruits ou légumes par jour il faut marcher au moins 20 minutes sinon vous avez 60 % de chance en plus de faire du cholestérol qui diminue de 37 % vos chances de dépasser 80 ans par contre si vous dépassez le quota de 10 cigarettes par jour en buvant plus de 3 verres de rouge alors là attention vous vivrez 453 jours de moins que votre voisin qui lui sirote 1 litre d'eau quotidiennement augmentant ainsi son espérance de vie de 4,6 % surtout s'il marche en mangeant ses 5 salades bio chaque jour.

À vomir. De l'air. Ils nous emmerdent avec leurs chiffres. Les chiffres ne se trompent pas. Les chiffres ne sont pas discutables.

Tu parles.

Les chiffres sont une plaie, une calamité, une aberration. Les chiffres sont des ennemis.

Ennemis de l'espoir. Ennemis du rêve. Ennemis des miracles.

La volonté ne se compte pas.

L'énergie ne s'additionne pas.

La foi ne se soustrait pas.

L'optimisme ne se divise pas.

L'amour ne se calcule pas.

MARDI
20 H 07

L'horloge de la chambre 14 indique 20 heures passés.

Fin des visites.

L'hôpital s'endort doucement. Le calme règne au sein de l'unité Est. L'équipe de nuit va veiller sur notre enfant. Une équipe concentrée, concernée...

J'embrasse Ève délicatement sur le front, avant de sortir de la pièce. Un dernier coup d'œil. Le drap flotte sans discontinuer au-dessus d'elle, gonflé par le ventilateur. Sa température frôle toujours les 34°. Son oxygénation ne dépasse pas les 20/25 %.

État stationnaire.

Roseline et moi saluons les infirmières de garde. Et puis, nous franchissons les portes automatiques, une à une. Nous déambulons dans le long couloir, nous nous débarrassons de l'équipement stérile, nous reprenons nos affaires dans le vestiaire désert, nous traversons la salle d'attente des familles, nous reprenons l'ascenseur, nous franchissons le second couloir, et nous sortons de l'hôpital.

La pluie a cessé.

Thierry nous attend sous le porche, fidèle au poste.

Le parking, la prière à mon arbre, et nous voilà dans la voiture.

Thierry conduit, j'ai trop mal aux pieds pour prendre le volant. Nous nous dirigeons vers le centre-ville pour trouver un endroit pour manger. Je n'ai aucune envie de m'attarder où que ce soit. Ma fatigue physique et mentale dépasse tout ce que j'ai connu jusqu'à maintenant. Je flotte en apesanteur tout en étant cloué au sol.

Nous décidons d'un commun accord de ramener deux pizzas que nous grignoterons à l'hôtel.

Nous repérons une pizzeria. Je demande à Thierry de se garer tout près, vu ma capacité réduite à crapahuter. Je suis le mouvement vers le petit restaurant italien.

Une bière rapide au comptoir en attendant la Régina et la Margarita.

Quelques phrases échangées sans conviction.

Genre :

— Est-ce que tu as eu ton frère ?

— Elle fonctionne bien ta voiture.

— C'est une V6, ça a la pêche.

— Prends bien tes antibiotiques, c'est pas le moment que tu aies une infection.

Dix minutes plus tard, nous remontons en voiture avec deux pizzas chaudes à bord. Rien que l'odeur me retourne l'estomac.

J'invite mes compagnons d'infortune à partager ce festin près de ma chambre qui donne sur l'extérieur via la sortie de secours.

Je me force à avaler une part de pizza Régina. Nous parlons coups de fil à la famille, organisation autour de Betty et Marie, présence d'Anna chez mon frère. Je propose à Roseline de se rendre le lendemain à Bayonne pour rassurer Betty et Marie.

– Ce soir, Anna s'occupe d'elles, mais elle me rejoint par le train du matin. J'appelle l'hôpital à la première heure pour prendre des nouvelles d'Ève. Tu peux faire l'aller-retour dans la journée, tu rateras simplement la visite de midi. J'irai avec Anna, ça ne changera rien, et ça fera du bien à Betty de voir sa mère. Mon frère reste présent, avec elle et Marie, mais il n'a pas d'enfant, il est moins habitué, c'est pas pareil.

Roseline hésite à s'éloigner d'Ève. Elle va réfléchir. La nuit porte conseil.

Sur ces bonnes paroles, chacun regagne sa chambre.

MARDI
21 H 10

Je vais essayer de me laver comme je peux : difficile de prendre une douche dans mon état.

Avant de me lancer dans des ablutions compliquées, j'appelle Anna. Sa voix me réconforte. Elle décrit l'état psychologique général autour d'elle, chez Pierre. Il a connu des jours meilleurs.

Son arrivée a fait du bien à tout le monde. Elle soulage Pierre et elle soulage les petites. Anna a hâte de me rejoindre, d'être près de moi, de me soutenir. Elle a hâte de rendre visite à Ève. Je la mets en garde : les visites en réanimation constituent une épreuve. Une épreuve violente. Anna s'en doute, et elle est justement là pour surmonter cette épreuve, à mes côtés.

Elle m'indique son heure d'arrivée. Je lui apprends que son train croisera peut-être celui de Roseline, qui envisage de faire un saut à Bayonne pour voir Betty.

Anna approuve l'idée. Elle confirme. Ça ferait du bien à Betty de voir sa mère.

Je ne m'attarde pas au téléphone. J'ai du mal à parler, j'ai du mal à marcher, j'ai du mal à respirer, j'ai du mal à tout. Surtout à me laver.

J'enlève les bandelettes qui recouvrent mes pieds avant de les asperger à la bétadine. Une solution moussante marron foncé. J'enchaîne avec une douche approximative, gêné par mes plaies multiples sur tout le corps. Gêné surtout par la bande qui entoure mon tibia gauche. Bande que je ne dois pas enlever tout de suite.

Je me sèche en me tapotant la peau à l'aide d'une serviette. Impossible de me frotter.

Je m'assieds sur le lit où je finis de me soigner. Je remets des bandes autour de mes pieds.

Je pense à Ève, je ressens Ève, je suis relié à elle par un cordon invisible. Je me bats avec elle. Je veux lui transmettre mon influx de courage, de vie, d'amour. Je ne décrocherai pas tant qu'elle ne sera pas revenue à elle.

Elle va revenir à elle, j'en suis certain. Enfin, presque.

Une boule d'angoisse, aussi brûlante qu'un soleil, se consume lentement au fond de mon ventre.

Mon téléphone portable reste allumé. Je dois être joignable à tout moment. La hantise du coup de fil nocturne. On nous a prévenus. Soyez prêts au pire.

OK.

Je me brosse les dents, j'avale un demi cachet de Lexomil, sans oublier mon antibiotique, avant de me glisser doucement dans le lit.

Coincé entre deux coussins, je parviens à trouver une position acceptable.

Mes différentes blessures me brûlent.

MARDI
22 H 12

Je me relève, je retourne dans la salle de bains pour gober un Doliprane. J'avais oublié l'antidouleur. Je reviens vers le lit en titubant.

Je m'immobilise tout d'un coup, cloué sur place dans mon déplacement lamentable par la sonnerie de mon vieux Nokia. Mon pouls s'emballe. Je n'aurais jamais cru qu'un coup de téléphone puisse ainsi me désintégrer. Je prends mon courage à deux mains, me saisit de l'appareil. Le numéro de l'appelant ne s'affiche pas. Je décroche, en apnée. Une voix inattendue résonne à l'autre bout. Soulagement : il ne s'agit pas de l'hôpital.

– *Bonjour Philippe, c'est Victor, le beau-père de Juliette, j'espère que je n'appelle pas trop tard...*

Le beau-père de Juliette, la meilleure amie de Betty. J'avais oublié. Il m'appelle comme prévu. Il passe ses vacances en Espagne et s'apprête à remonter vers Biarritz jeudi. Après-demain. Betty est invitée à passer dix jours en Bretagne avec eux. Nous avions convenu qu'ils l'embarquent lors de leur halte sur la côte basque, avant de reprendre la route vers Pornic. C'est ce qui était prévu avant l'accident.

Je reste silencieux, incapable de prononcer le moindre mot, muet de lassitude.

— *Ça va ? Les vacances se passent bien ?*

Je le sens souriant, bronzé, regorgeant de soleil. Sa voix est enjouée.

Pas la mienne.

— Non…

Il a beau se trouver à six cents kilomètres, il comprend tout de suite que quelque chose ne tourne pas rond. Un simple « non » plein de gravité a suffi à modifier son humeur.

— *Qu'est-ce qu'il se passe ?*

Je me retiens pour ne pas pleurer. Je n'ai aucune envie de parler, de raconter. Malgré tout, l'urgence fait que je dois le mettre au courant des événements. Je me lance, laconique.

— Ève s'est noyée, elle est en réanimation, c'est grave…

Un blanc. Des nuages gris viennent de recouvrir le ciel espagnol. Victor ne sait plus quoi dire.

— *Non ?*

— Si.

Un autre blanc. Un nouveau souffle froid. Je viens de lui gâcher la fin des vacances.

— *Mais… Elle va s'en sortir ?*

— On ne sait pas, il y a une petite chance, ils ne nous ont pas vraiment dit…

Victor se décompose.

— *Que s'est-il passé ?*

— Là, je ne peux pas raconter… J'ai pas la force, Victor…

– *Je comprends. Qu'est-ce qu'on peut faire ?*

– Rien, attendre.

– *Et Betty ?*

– Elle est avec mon frère et Anna, à Biarritz...

– *Est-ce qu'on la prend sur le chemin, comme prévu ?*

– Je ne sais pas. Là, on est un peu paumé... Je te rappelle quand on y verra plus clair...

– *Je suis désolé.*

– On n'y peut rien, c'est comme ça. Je te rappelle Victor.

Je raccroche, épuisé. Pauvre Victor, il devait s'attendre à tout, sauf à ça.

Je branche la petite télé, et me saisis de la télécommande avant de retourner vers le lit. Mon corps, amoché de tous côtés, me lance dans ses moindres recoins. Je me contorsionne afin de retrouver une position à peu près confortable.

Je zappe sans conviction.

Je dois me changer les idées. Le poste dégueule des images futiles, vaines. Je n'ai pas envie de voir les infos qui se plaisent à souligner toutes les horreurs du monde. Je n'ai pas envie de me concentrer sur un film. Je n'ai pas envie de variétés. J'atterris sur Eurosport qui rediffuse en boucle les épreuves des JO de Pékin.

Les JO. Ça me va.

Peut-être qu'inconsciemment, je me retrouve dans ces sportifs qui doivent aller chercher au fond d'eux-mêmes la victoire. Je me retrouve dans leurs efforts, dans leurs visages torturés par l'exploit.

Dans leur quête au record, dans leur concentration, dans leur solitude.

Les JO. Ça me va.

Je jette un coup d'œil à mon téléphone. J'ai une furieuse envie de l'éteindre. On ne m'appellera pas cette nuit, j'en suis sûr, comme j'étais sûr que le docteur Descamp ne viendrait pas me réveiller la veille, dans la petite pièce exiguë où je tremblais comme un damné.

J'en suis sûr.

J'en suis sûr, mais pas certain.

Je me découvre superstitieux.

Laisser le portable allumé, c'est me prouver que je ne crains pas l'appel fatidique qui ne viendra pas. Éteindre ce même portable, c'est me montrer faible, arrogant, trop sûr de moi, ce que je ne peux me permettre dans mon état.

Pas question de provoquer le sort. Je respecte la procédure. Je laisse l'appareil allumé.

Assume.

MARDI
23 H 45

Le cachet de Lexomil me détend légèrement, ou plutôt, il accentue ma fatigue. Je m'endors devant la télé allumée tout en me remémorant à nouveau le film du naufrage.

Pensées confuses, vagabondes, entremêlées, illogiques.

Délires récurrents.

Fièvre froide.

Sueurs invisibles.

Existence désincarnée.

L'écran noir de ma projection privée.

L'écran noir de ma projection privée, blanchi d'images chaotiques, furieuses, stromboscopiques.

Ève dérive le long de la digue. Ma course pieds nus dans les rochers tranchants. Sauvetage catastrophique. Aucun contrôle. Éléments plus forts. Vagues impitoyables. Tourbillons. Blanche écume. Vision de notre mort commune. Jaune. Terminé. Acceptation. Instinct. Sortie de l'eau. La plage. Le massage cardiaque. Les silhouettes sombres. Le masque de Betty. Douche au milieu de la foule. Spectacle épouvantable. Les pompiers. L'ambulance. J'ai récupéré son pouls. Le trajet halluciné. L'ombre fantasmagorique de Madame. L'arrivée aux urgences. L'attente. Les points de suture. Le toubib du Samu. Pupilles dilatées. Pâle. Blafard. Blême. Gravissime. Flic. Larmes. Désespoir. Fond du trou. Rappel tétanos. Arrivée de mon frère. Coup de fil assassin. Descamp. Trajet en état second. 110 kilomètres. Asphalte qui défile. Nuit d'été. Pau. Pôle de santé. Parking. Ombre d'arbre. Écorce. Réconfort. Rebelote. Urgences. Couloirs. Naufragé. Yeux cernés. Diagnostic déprimant. Personnel aux aguets. Réanimation. Stérilité totale. Silence des machines. Respirateur artificiel. Oxygène. Chiffres. Vingt pour cent. Faible. Trente-quatre. Froid. Ève. Ventilateur. Préserver. Ève allongée sur son lit de glace.

Rideau.

MERCREDI
03 H 36

Aucun rêve cette nuit-là.

Aucun cauchemar non plus.

Je me réveille en sursaut quelques heures plus tard, surpris par une bouffée d'angoisse, complètement abruti. Le Lexomil ne fait plus effet.

Il fait sombre dans la chambre. Le volet roulant à moitié baissé laisse passer la lumière extérieure du lampadaire. Quelle heure peut-il être ? Je jette un coup d'œil torve sur l'horloge digitale de la télé.

03 heures 36.

Merde. Je ne vais jamais réussir à me rendormir, je le sens.

L'angoisse, la peur, l'impuissance, la culpabilité... Je dois m'habituer à leur compagnie.

Je cherche la télécommande à tâtons.

France 2.

Les JO de Pékin. En direct, cette fois.

Très bien, les JO. Ça va m'occuper l'esprit.

La natation.

Les échecs de Manaudou, la montée d'Alain Bernard sur qui la France compte. Il peut gagner le cent mètres nage libre. Il peut le faire le gaillard. Pression.

Une pensée me traverse l'esprit. Si j'avais été Alain Bernard, j'aurais réussi à sortir Ève de l'eau, là-bas, tout au bout de la digue.

La piscine, l'eau, les nageurs, ces images me ramènent trop à la noyade d'Ève.

Je zappe sur Canal +. Ils diffusent les mêmes images que France 2.

Copié collé.

Je coupe le son et ferme les yeux.

Je parviens à somnoler ainsi quelques temps, dérivant entre les JO de Pékin, mes sombres pensées, un sommeil hypothétique, et le rappel constant de mes plaies douloureuses.

Je reprends mes esprits au petit jour. Je vérifie mon portable. Oui, il est bien allumé. Personne ne m'a appelé.

OK.

MERCREDI
06 H 55

Je me lève, claudiquant jusqu'à la salle de bains pour me débarbouiller. J'avale mon antibiotique, accompagné d'un nouveau Doliprane. Je sors de ma chambre, pieds nus, ou plutôt pieds bandés. Je traverse le long couloir qui conduit à la réception, où de petites tables sont disposées pour le petit-déjeuner.

Je me sers un jus d'orange, un café, des tartines. J'ai un peu faim. Une faim lointaine, masquée. Je parviens à avaler un morceau de pain avec de la confiture. Allez, encore un, si tu veux tenir, tu dois manger.

Je retourne à la chambre.

Je me souviens que la dame, à l'accueil du service réanimation, nous a informés qu'on pouvait appeler à tout moment pour prendre des nouvelles d'un patient. Je me saisis de la brochure. Je repère rapidement le numéro de l'unité Est.

Je retiens ma respiration. J'ai besoin de savoir, là, maintenant. Deux, trois sonneries. La voix tonique d'une infirmière qui décroche.

– *Service réanimation, bonjour.*

– Je suis le papa d'Ève...

Je n'ai pas besoin d'en dire plus, l'infirmière réagit immédiatement à mon appel.

– Ève a passé une nuit tranquille, nous allons bientôt faire les soins.

– Elle va mieux ?

– Je ne peux pas vous en dire plus, le docteur vous parlera à la visite de midi.

– Je vous remercie.

Je raccroche, à moitié rassuré. Stabilité dans la survie.

J'informe Roseline de mon coup de fil matinal à l'hôpital. RAS.

Je pousse Roseline à aller à Bayonne.

MERCREDI
09 H 20

Je m'habille. Je n'ai pas beaucoup de choix vestimentaire. Jean ou Bermuda. J'opte pour le bermuda. Impossible de supporter un jean. Je suis obligé de laisser mes genoux abîmés à l'air libre. Idem en ce qui concerne les pieds.

J'enfile précautionneusement un tee-shirt à manches courtes. Le tissu colle immédiatement à mes plaies à moitié cicatrisées. Épaules. Dos. Supportable. Je passe délicatement mon blouson en velours. Il est ample, léger. Parfait pour couvrir mes bras égratignés.

Je sors de l'hôtel.

J'attends Roseline et Thierry près de la voiture toujours ouverte. Je n'aime pas fermer sans arrêt ma voiture. Je n'aime pas ce geste automatique, comme si nous étions constamment entourés d'escrocs. Ma voiture est toujours ouverte.

Fermez bien votre véhicule. Cadenassez bien votre maison. Faites poser une surveillance vidéo. Attention, cette fenêtre n'a pas de barreaux. Achetez-vous un bon Neiman. Protégez-vous. Je vous conseille une serrure trois points.

Je ne sais pas pourquoi je pense à ces conneries pendant que j'attends mes compagnons d'infortune.

Les voilà qui apparaissent, sortant d'un pas alerte du hall de l'hôtel.

– Bien dormi ?

– Ça va. Réveil en pleine nuit.

– Moi aussi.

– Du coup on a regardé les JO.

– Moi aussi.

Je demande à Thierry les clefs de la voiture.

– T'es sûr ? Ça va aller ?

– T'inquiète, ça va mieux. De toute façon, vous prenez le train. Après votre départ, il faut bien que je conduise.

Avec beaucoup de précautions, je parviens à prendre le volant.

J'accompagne Thierry et Roseline à la gare de Pau. Une petite gare de province, avec son guichet, son buffet, son vendeur de journaux.

Ils montent dans le train de 10 heures pour Bayonne.

J'erre autour de la gare : j'ai environ une heure de battement entre le départ de Roseline et l'arrivée d'Anna.

Je remarque une pancarte indiquant la direction « LOURDES ». La ville des soi-disant miracles se situe à proximité de Pau. Mes pensées vagabondent. Si j'étais croyant, sans doute aurais-je foncé vers ce lieu de culte pour brûler un cierge en priant Dieu. Je me serai agenouillé face au Christ, implorant son aide, qu'il ait pitié de ma fille, qu'il la ramène à la vie. Que le ciel tout entier se mobilise derrière nous, qu'il insuffle sa puissance divine dans ses poumons agressés.

Mais je ne crois pas en ce Dieu-là. Je ne crois en aucun Dieu.

Je suis profondément athée. Je partage l'avis de Descartes à ce sujet. L'homme fait la religion, mais la religion ne fait pas l'homme. Je suis un homme persuadé que la religion est une pure invention humaine, un moyen de se rassurer, un outil de manipulation, une excuse pour imposer certaines lois, un danger potentiel, un mal nécessaire.

Par contre, je crois en la Nature. Je crois en l'arbre. Je crois aux arbres. Je crois qu'ils nous observent, qu'ils nous protègent, qu'ils nous tolèrent depuis la nuit des temps. Je crois qu'ils possèdent un esprit commun. Je crois qu'ils communiquent entre eux. Je crois qu'ils sont dotés d'une mémoire. Je crois que la sève qui les parcourt constitue un trésor que l'on néglige. Je crois que leur patience a des limites. Je crois qu'on devrait vénérer davantage ces êtres qui oxygènent notre monde en silence, sans rancune, malgré les massacres quotidiens dont ils sont victimes.

MERCREDI
11 H 00 ? 11 H 15 ?

Je ne sais plus exactement à quelle heure arrive Anna.

Je me souviens de sa silhouette qui sort de la gare. Je me souviens de mon accueil désespéré. Je me souviens de son regard plein d'effroi, quand elle me voit claudiquer, tanguer vers elle. Je me souviens être tombé dans ses bras en pleurant.

— J'ai essayé de la sauver, je n'ai pas réussi...

Je ne peux pas réfréner le flot d'émotions qui surgit de mes entrailles. Je perds tout contrôle. Anna serre une épave dans ses bras.

— Mon pauvre chéri, dans quel état tu es...

Elle me caresse les cheveux, elle me réconforte, elle me rassure comme elle peut. Elle me promet d'être ma béquille. Je peux m'appuyer sur elle au fond de l'abîme.

Elle assure.

Je prends appui sur son épaule pour marcher jusqu'à la voiture. Je me reprends. La bouffée d'émotions intenses se dissipe. Heureusement. Je suis sûr qu'on peut en mourir de ces trucs-là.

Anna détaille les plaies qui ornent mes jambes.

– Je ne croyais pas que tu étais autant blessé.

– Ça va, en fait, ça ne m'empêche plus de conduire. On va déposer ton sac à l'hôtel, après, on ira voir Ève.

Trois kilomètres environ séparent la gare de Pau du pôle de santé. Durant le trajet, Anna me décrit l'ambiance lourde qui règne chez Pierre. Elle se félicite du courage de mon frère, chargé de relayer les informations auprès des proches, tout en s'occupant de Betty et Marie. Je lui ai confié la mission délicate de prendre en charge tous les coups de fil. Je lui ai demandé que personne ne m'appelle. Je ne veux pas que mon téléphone sonne. Je ne veux pas parler. Je ne veux pas frôler l'attaque cardiaque à chaque appel. Pierre assure le filtre avec dévouement et efficacité. Mon Nokia ne sonne pas, ou peu.

Anna me raconte sa difficile nuit. Le besoin de s'exprimer de la part de Betty et Marie. Le soulagement provisoire de Pierre qu'Anna prenne en main les angoisses des deux petites. La veillée nocturne, tous ensemble, personne n'ayant envie de se retrouver seul, dans le noir, avec ses idées morbides. Les quelques heures d'un sommeil trop fragile.

Je lui demande si, elle-même, tient le coup.

– Pour l'instant, ça va, je peux assurer. Après, je vais peut-être m'écrouler d'un coup comme un château de cartes.

Nous en sommes tous là.

MERCREDI
11 H 50

Nous déposons le sac d'Anna au *Quick Palace Hôtel*.

Elle m'a apporté toutes mes affaires restées chez mon frère. Depuis deux jours, je tenais avec le contenu peu fourni de mon simple petit sac à dos.

Je récupère mon Mac portable, mes vêtements, mon nécessaire de toilette.

Anna fait le tour de la chambre. Elle plaisante sur la salle de bains, conçue pour les personnes handicapées. Je lui réponds qu'elle m'est bien utile pour me laver à la bétadine, assis comme un con sur la chaise en plastique pliante située sous la douche.

Allez, il est temps.

Temps de reprendre la direction de l'hôpital François Mitterrand. La visite de 12 heures 30.

Je me gare à ma place, devenue habituelle, la place tout près de mon tilleul. J'explique mon rituel à Anna. Elle comprend et approuve ma démarche. Elle connaît mon penchant pour les feuillus et autres conifères.

Je salue mon arbre quelques instants. Je l'embrasse. Je lui demande sa force, sa compassion, son oxygène. Je touche une de ses feuilles, je l'admire, je le remercie.

Anna m'attend, prête à affronter la violence de la visite. Je m'appuie sur elle. Nous nous dirigeons vers l'entrée vitrée comme deux âmes en peine.

Je la mets à nouveau en garde sur ce qui l'attend. L'image terrible d'Ève, allongée sur un lit de glace, intubée, curarisée, maintenue en vie par des produits, des machines et des tuyaux.

Anna ne se laisse pas démonter.

— Elle est forte ta fille, elle va s'en sortir.

J'en suis sûr aussi.

Nous franchissons la porte coulissante. Couloir à gauche. Ascenseur. Niveau « -1 ». Service réanimation, porte à droite. Salle d'attente avec accueil chaleureux de la dame habituelle.

J'appuie sur l'interphone. Bouton « 3 », unité Est. Une voix résonne dans l'appareil.

— *Oui ?*

— Nous venons voir Ève.

— *Un instant.*

Dix secondes passent, interminables. Grésillements dans l'interphone.

Que va-t-on nous annoncer encore ? Ève ne peut pas aller plus mal, elle flirte avec la limite, le bout du tunnel. Elle ne peut qu'évoluer positivement, n'est-ce pas, docteur ? Pourquoi vous ne me répondez pas ? Vous nous cachez des choses ? Nous avons besoin de savoir, bien qu'en même temps, nous préférons rester dans le flou. Pourquoi vous pleurez, docteur ?

La voix métallique stoppe net mes pensées fiévreuses.

— *Vous pouvez venir.*

Je conduis Anna dans le vestiaire où nous laissons nos affaires. Je lui montre la marche à suivre. Les chaussons en plastique, la blouse bleue stérile, la désinfection des mains avec le produit antiseptique. Allons-y.

Nous pénétrons dans le long couloir qui débouche dans le service réanimation. Nous franchissons les portes automatiques. Nous voilà arrivés à bon port, l'unité Est.

Nous croisons l'infirmier en charge d'Ève, le fameux Jérémy. Il se dégage de la sympathie de ce grand jeune homme au sourire charmeur.

— Comment elle va ?

— Toujours pareil, elle est stable.

— Elle a passé la deuxième nuit... Plus on gagne du temps...

J'attends qu'il complète ma phrase. Mais Jérémy ne sait pas quoi me répondre. Il me sourit en silence. Son rôle se cantonne à surveiller Ève, ce qu'il fait avec dévotion. Les questions pleines d'espoirs des parents, ça n'est pas de son ressort.

J'indique la chambre 14 à Anna. Nous entrons tous les deux dans la pièce. Je retrouve Ève comme je l'ai quittée la veille.

Je me penche vers la petite.

— Ève ? Regarde qui est là ! C'est Anna, elle est venue te voir.

— Salut, ma belle...

Nous parlons à Ève, nous la touchons délicatement aux endroits libres de toutes perfusions et autres boîtiers.

J'explique à Anna le pourquoi du ventilateur présent au pied du lit.

— Ils l'ont allongée sur de la glace pour baisser sa température, qu'elle consomme moins d'oxygène ; ils lui tétanisent les muscles avec le curare, c'est pour préserver son cerveau.

Je sens qu'Anna fait des efforts pour ne pas pleurer. Ève survit devant nos yeux fatigués, le corps bardé de seringues, de perfusions, d'appareils.

Son bilan n'a pas évolué d'un pouce.

Sa tension tourne autour de 6, la température de son corps indique 34°, son taux d'oxygénation stagne à 20 %. Rien d'encourageant.

Je laisse Anna seule à seule avec Ève.

Je sors de la chambre 14, anéanti. Qu'est-ce qu'il nous arrive ? Qu'est-ce qu'on fait là ? Ce cauchemar finira-t-il un jour ?

Je m'écroule sur la chaise à côté de la porte coulissante. J'ai le souffle court, les poumons comprimés par une bouffée de malheur. Une infirmière, alertée par mon désarroi, s'approche amicalement.

— Ça va, Monsieur ?

— Oui, merci, ça va aller...

Elle pose sa main sur mon épaule. Décidément, tout le personnel de ce service respire l'humanité. Souriant, disponible, discret.

Je me recroqueville quelques minutes. Je prends de longues respirations.

Respire, sinon tu vas exploser.

J'ai mal. Mal partout. Mal de tout.

OK. Ça va aller. Pas le moment de flancher. Relève-toi.

Je m'exécute. Je me relève afin de rejoindre Anna. Elle a grand besoin que je la relaie auprès de la petite.

Quand la dame nous a expliqué que trois visites sont prévues par jour, une le midi, deux le soir, j'ai pensé : « Seulement trois visites d'une heure ? On peut voir notre enfant seulement trois fois ? On ne peut pas rester près d'elle sans arrêt ? » Ça me semblait très peu comme créneau. Très vite, j'ai réalisé l'intensité indescriptible des visites. Rester près d'Ève vingt, trente minutes pompe une telle dose d'énergie, d'émotion à l'état pur, qu'il serait impossible de résister à cette pression pendant des heures.

Impossible.

Je fais mon entrée dans la chambre où Anna se tient penchée sur Ève. Elle s'excuse timidement.

— Je ne sais pas trop quoi lui dire...

— Tu es là, c'est le principal.

— Tu veux que je te laisse un peu seul avec elle ?

— Je veux bien, merci.

Ça va. Je suis prêt.

Anna me sourit, me frôle la main. Se glisse hors de la chambre. Je m'assieds à côté du lit. J'encourage Ève. Je lui répète qu'elle est la meilleure, qu'elle est forte.

– Tout le monde pense à toi, tout le monde te soutient. Betty, Marie, maman, Anna, Harry, Mouche, Jajou, Papy, Charlie, tonton, tata, Jeanjean, tout le monde est avec toi. Tu te rappelles ? On s'en est sortis tous les deux, on est sortis de l'eau. On a cogné sur les rochers, j'ai essayé de te protéger comme j'ai pu… On est toujours là, ma belle… On est lié, à la vie à la vie… On va encore faire plein de trucs ensemble… Et puis, surtout, on a les arbres avec nous, je leur ai demandé de te donner leur puissance, leur oxygène, ils vont nous aider…

Sur ces mots, je me tais. Je ferme les yeux, je ferme les poings. J'essaie de concentrer toute la force qui me reste sur Ève.

Tout mon magnétisme. Tout mon amour. Un rayon d'énergie invisible.

Je rentre dans une mini transe, un état second qui me permet une véritable connexion avec Ève. Une chaleur inhabituelle m'envahit.

L'épuisement, l'accumulation des émotions fortes, les doses inhumaines d'angoisse, tout cet enchevêtrement de sensations dévastatrices provoque peut-être des délires dans mon esprit.

Peut-être.

Ou peut-être pas.

MERCREDI
13 H 45

J'EMMÈNE ANNA déjeuner à la cafétéria du centre Leclerc. Ma cantine.

Je ne me souviens plus de tous les détails de notre conversation. La même question revient toujours : combien de temps va durer ce séjour ?

Anna se propose de rester près de moi autant de temps qu'il le faudra. Je lui réponds que non. Emma, sa fille revient prochainement de Tunisie. Fin de ses vacances. Elle doit l'accueillir. Sans compter notre petit Harry, gardé à Gien par ses parents. Lui aussi a besoin de sa maman. Il a eu Betty au téléphone au pire moment. En plein drame. Anna lui a parlé avant de prendre le train. Les parents doivent dégager une sacrée dose d'angoisse. De quoi être perturbé. Il a besoin de sa maman.

OK.

Ève va rapidement aller mieux. Elle pourra repartir l'esprit léger.

OK.

On y croit.

On ne prend aucune décision.

L'avenir stagne. Heure par heure. Minute par minute.

On verra demain.

Deux cafés. Deux cigarettes. Deux angoissés.

MERCREDI
16 H 20

L'APRÈS-MIDI se passe sans heurts.

Tension nerveuse curseur à fond.

Comme d'habitude.

Anna et moi, nous nous reposons à l'hôtel. Nous soignons nos blessures en regardant les JO.

Toujours de la natation au programme. Les médias se focalisent sur ce nageur américain, ce grand type qui vise une dizaine de médailles d'or. Comment s'appelle-t-il déjà ? Il a un nom d'onomatopée...

Phelps, ça doit être ça. Michael Phelps. Le phénomène.

Anna et moi, nous n'en avons rien à battre du phénomène. Nous attendons péniblement la prochaine visite, celle de 17 heures.

Cette putain de visite de 17 heures, qui finit par arriver, ressemblant foutrement à la précédente. Trajet, parking, conversation avec mon arbre, portes vitrées, couloir à gauche.

La routine impensable.

RAS à l'hôpital François Mitterrand, service réanimation, unité Est. Ève mène son combat en silence, dans le calme apparent de la chambre 14. Atmosphère feutrée, désinfectée, dépoussiérée. Un bras de fer invisible entre la vie et la mort se déroule dans cette pièce.

Situation stable. Mêmes chiffres. Même courbes. Même bilan.

Et toujours cette affiche immonde, scotchée au-dessus de la tête de mon Ève. *Patiente curarisée.* Patiente loin de tout. Patiente droguée à l'extrême limite.

Tous les muscles bloqués depuis bientôt quarante-huit heures. Du curare dans les veines. Du poison pour rester en vie. Des produits chimiques pour soutenir la tension, d'autres pour la douleur, d'autres pour l'anesthésie... Le respirateur artificiel poussé à fond dans ses derniers retranchements, incapable de faire décoller l'oxygénation.

20 %.

Quarante-huit heures oxygénée à seulement 20 %.

Ça veut dire quoi ?

Ça veut dire que si rien n'évolue très, très rapidement...

La routine du désespoir.

Monter sa garde.

Éviter les coups.

Je m'accroche aux branches des arbres, ils amortissent ma chute, ils vont me rattraper avant que je ne m'écrase par terre comme une bouse.

Ils vont me rattraper, j'en suis certain.

Mes arbres.

Mon tilleul.
Mon arbre. Mon ami. Mon frère.
Tends tes feuilles vers la lumière.

MERCREDI
18 H 15

Roseline arrive à la gare entre les deux visites du soir. Retour de Bayonne. Pile à l'heure pour l'ultime saut à l'hôpital. Saut prévu à 19 heures.

Je me demande comment Roseline va réagir à la présence d'Anna. Leurs rapports ont toujours été minimalistes. Rapports logiques entre deux femmes sans points communs à part leur histoire avec le même homme.

Anna n'est en rien responsable de ma rupture avec Roseline. Je ne suis pas parti pour elle. Je l'ai rencontrée trois ans après la séparation. Malgré tout, Roseline a toujours porté un regard lourd sur Anna. Limite méprisant. Même sensation avec Harry qu'elle a rarement croisé.

J'ai refait ma vie, pas elle. Impression amer. Froideur qui ne ressemble pas à Roseline, d'un caractère plutôt avenant.

Elles ne se sont jamais parlé. Juste un vague salut au détour de l'organisation familiale, Ève et Betty prenant le train pour revenir sur Paris, accompagnées par Anna. Remise des enfants à la maman sur le quai de la gare. Bonjour bonsoir sans merci sans sourire.

Je me demande quelle va être la nature de leur rapport dans cette situation critique. J'espère la solidarité.

On verra. Pas plus tard que tout de suite.

Nous récupérons Roseline près de la file de taxis. Thierry, l'ami fidèle, ne la quitte pas d'une semelle.

Bonjours rapides.

Peu de chaleur humaine. Normal.

Je leur décris la journée, avec l'aide d'Anna. Une journée de stagnation totale. Aucune évolution. Le calme plat. La balance ne penche en faveur d'aucun « camp ».

Nous concluons que Roseline a bien fait de se rendre à Bayonne ça n'a rien changé au fait Betty ça va oui elle avait besoin de voir sa mère de se changer les idées d'ailleurs elle se demande si elle va pouvoir se rendre en vacances comme prévu en Bretagne avec sa copine Juliette mais on ne sait pas ce qui est le mieux la maintenir proche de sa sœur au cas où ou bien l'éloigner de cette atmosphère pour le moins pesante on va réfléchir à tout ça après la visite à la limite il faudra demander l'avis d'un psychologue plus à même que nous de savoir ce qui est préférable pour Betty quand à Marie elle est bien seule sa mère étant en vacances en Corse sans projet de retour plus tôt que prévu pour sa fille même dans ces circonstances dramatiques là aussi il va falloir réfléchir pour organiser son retour sur Paris maintenant mettons ces questions en stand-by puisque nous arrivons sur le parking près du tilleul que Philippe ne doit pas oublier d'aller voir avant de se rendre au chevet d'Ève.

Anna, Thierry et Roseline s'éloignent vers l'impossible tandis que je me dirige vers mon sanctuaire composé d'écorce chaude, de sève pure, de racines tentaculaires, de branches aux courbes majestueuses, et de feuilles vertes argentées.

Là, je médite un instant sous son ramage protecteur. Je le remercie tendrement. Je me régénère avant de rejoindre le petit groupe qui m'attend devant le hall.

Anna reste dehors en compagnie de Thierry pendant que Roseline et moi nous enfonçons dans les entrailles de l'hôpital, qui nous digère sans sourciller.

Il en a vu d'autres, l'hôpital. Des vies brisées, des larmes chaudes, du sang frais, des malades, des condamnés, des éclopés, des naissances, des amputés, des cris, des âmes perdues, des écrasés, des fracturés, des éthyliques, des drogués, des jeunes, des vieux, des bébés, des amnésiques.

Et maintenant, nous.

Il en a vu d'autres, l'hôpital.

Roseline commence à positiver, tout comme moi. Ève est toujours « là », elle appartient encore à ce bas monde.

Ève a résisté pendant deux nuits.

Quarante-huit heures.

À l'évidence, les toubibs ne pariaient pas sur ce scénario. Je répète à Roseline que notre petite va s'en sortir indemne, que nous ne sommes pas seuls, qu'une chaîne de solidarité extraordinaire se mobilise autour de nous.

Une chaîne de solidarité, où les arbres jouent un rôle prépondérant.

Je remarque que Roseline ne me regarde plus bizarrement à l'évocation de mes croyances pour les feuillus. Je ne dirais pas qu'elle commence à adhérer à mes idées, mais un léger doute s'est immiscé dans son esprit cartésien. Un esprit cartésien soumis, il est vrai, à rude épreuve. Un esprit cartésien friable, sensible à tout prosélytisme d'espérance.

Les arbres ont-ils rejoint nos rangs ?

Pourquoi pas ?

Qui peut nous prouver le contraire ?

Personne.

L'avenir nous le dira.

MERCREDI
19 H 00

Arrivés à la salle d'attente désertée par la dame sans doute rentrée chez elle, nous sonnons à l'interphone qui crache son « oui ? » habituel.

— Bonsoir c'est les parents d'Ève.

— *Un instant,* nous répond la voix.

Une ou deux minutes d'attente torturée.

— *Le docteur va venir vous voir, patientez en salle d'attente.*

Notre respiration s'accélère, notre cœur bondit dans notre cage thoracique. Pourquoi le toubib veut-il nous voir sans nous laisser entrer, qu'est-il arrivé en une heure ?

Du coup, Roseline arpente la salle d'attente d'un pas nerveux, pendant que j'essaye de retrouver mon souffle encore fragilisé par mon inhalation d'eau dans les poumons.

Nous démarrons au quart de tour quand il s'agit de glisser sur la pente savonneuse du doute. Notre calvaire s'interrompt avec l'arrivée du docteur Volatron.

Le docteur Volatron.

Cette femme d'aspect fragile, sympathique, pleine de sollicitude, une grande professionnelle, la responsable du secteur réanimation.

— Suivez-moi, je dois vous parler.

Le docteur Volatron nous entraîne dans « la salle des familles », une petite pièce impersonnelle, avec quelques sièges en tissu. Une petite pièce où flotte une atmosphère de douleur, de déception. Que de larmes ont dû être versées dans ces quelques mètres carrés ! C'est l'endroit où les médecins annoncent le meilleur comme le pire aux proches de patients admis en réanimation.

Le docteur Volatron sourit, sans pour autant en faire trop. Un sourire de juste équilibre.

— Bon, Ève a bien passé les deux nuits. Et depuis un petit moment, son taux d'oxygénation a légèrement monté. Il reste largement insuffisant, mais il a monté. C'est un point positif. Le second point positif est le résultat du test effectué sur sa pupille. Elle a réagi à une stimulation lumineuse. Il ne s'agit que d'un test de surface, mais il est positif, le contraire eut été inquiétant. Ça ne signifie pas que tout son cerveau fonctionne, cet examen reste superficiel. En résumé, après un début catastrophique, on peut sans doute penser que le gros de l'orage est derrière nous, mais il faut rester vigilant, très vigilant. Sa tension reste faible malgré les médicaments mis en œuvre, et surtout, on ne peut pas continuer le curare très longtemps : après quarante-huit heures, ça devient très dangereux. Pour le moment, nous nous concentrons sur ses poumons, c'est notre priorité. Ensuite, il faudra voir au niveau neurologique, on ne sait pas combien de temps elle a été en arrêt cardiaque, on ne sait pas non plus si elle a cogné les rochers avec vous.

Je répète ce que je lui ai dit la veille.

– Je ne crois pas qu'elle ait cogné, c'est moi qui ai tout pris.

– C'est ce que je crois aussi, j'ai pratiqué un examen externe de son crâne, je n'ai rien trouvé, mais il faudra vérifier ça avec un scanner. On le fera dès qu'elle sera transportable. On verra comment elle passe la nuit. Des décisions seront prises demain matin sur la marche à suivre.

– C'est vous qui décidez quoi faire à chaque fois ?

– En cas d'urgence, le médecin de garde réagit, sinon, on se réunit tous les matins pour recouper nos analyses, et les décisions deviennent collégiales.

– Vous avez beaucoup de patients ?

– Nous avons quinze places, et pour ces quinze lits, nous sommes une équipe de cinquante personnes, dont dix médecins.

– Votre équipe est impressionnante, toujours présente, toujours disponible.

– Nous sommes là pour ça. Maintenant, vous pouvez aller la voir.

Nous quittons la pièce sans poser de question supplémentaire.

MERCREDI
19 H 20

Je sors de cette entrevue plein d'optimisme, un optimisme partagé par Roseline. Des mots rebondissent dans notre tête. « Gros de l'orage passé », « oxygénation en hausse », « transportable ». Nous nous agrippons à ce qui nous rassure. Nous laissons de côté le curare, la limite dangereuse, les questions neurologiques, la tension faiblarde. Nous nous focalisons sur la vie qui revient à pas timides.

Nous entrons presque joyeusement dans la chambre où Ève vient de faire pencher la balance du bon côté. Nous regardons le chiffre de l'oxygénation qui indique désormais plus de 30 %. Entre 31 et 35 %.

Bravo, Ève.

Je la félicite immédiatement. Je lui avais dit, elle est vraiment la plus forte. Quel courage, quelle envie de vivre, quelle leçon !

Nous papillonnons autour du lit, portés par l'euphorie de ce que nous considérons comme d'excellentes nouvelles.

Je lui envoie, comme d'habitude, toute mon énergie, combinée à celle des arbres.

Roseline désigne la maudite feuille accrochée sur le bras articulé au-dessus du lit d'Ève. *Patiente curarisée.*

— Allez, demain, il faudrait que l'affiche disparaisse ! Si son oxygénation augmente encore...

— Pas de « si », Roseline. Restons positif. Demain, son oxygénation va encore augmenter, et ils vont l'enlever, cette feuille.

— D'accord, pas de « si »...

Nous ne voyons plus le respirateur artificiel branché à fond, nous ne voyons plus la dizaine de « pousses seringues », nous ne voyons plus la tension anémique, nous ne voyons plus le ventilateur qui s'époumone au pied du lit.

Nous regardons simplement notre fille, concentrée sur son effort de vie. Nous la soutenons dans son voyage de retour. Aller simple vers la vie. Nous l'encourageons dans sa lutte critique. Nous l'aimons d'un amour accrocheur, inébranlable, aimanté.

Reviens-nous, bébé, tu es attendue.

— Respire, prends ton temps. Respire. Ne lâche rien. Tourne le dos au tunnel. Fixe la lumière. Ne baisse pas les yeux. Reste concentrée. Tiens ma main. Accroche-toi, ma belle.

MERCREDI
20 H 30

Nous sortons de l'unité Est, savourant cette visite à sa juste valeur. Bien entendu, l'angoisse pure et dure ne nous lâche pas : on ne quitte pas le ring sans attendre la fin du combat. Le gong final ne retentit pas avant la quinzième reprise. On s'en est pris plein la gueule pendant les deux premiers rounds, on vient de gagner le troisième, mais l'adversaire n'a pas dit son dernier mot. Il nous fixe, assis dans son coin, encouragé par son entraîneur. Il a de l'expérience, l'enfoiré.

Il cherche le K.-O.

Nous affrontons un guerrier impitoyable, aux muscles saillants. Une bête avide de corps à corps, de sang, de larmes. Un monstre prêt à tout pour garder son titre.

Nous transmettons les bonnes nouvelles à Anna et Thierry, soulagés de nous voir sourire en évoquant le compte-rendu du docteur Volatron. Je charge Anna d'appeler mon frère pour relayer le dernier bilan, tout en restant prudent sur le chemin qu'il reste à parcourir.

J'ôte mes sandales. Je clopine plus aisément pieds nus. Nous marchons vers la voiture. Avant même de l'atteindre, Roseline se retourne vers moi.

– N'oublie pas ton arbre.

Tiens, mon compagnon feuillu compterait-il de nouveaux adeptes ? A-t-il pris une part active dans l'augmentation de l'oxygénation d'Ève ? Son influence serait-elle réelle ?

Visiblement, on commence à y croire autour de moi. À y croire, ou tout du moins, à respecter sincèrement mes convictions.

Anna, Roseline et Thierry s'installent dans le Renault Espace, me laissant remercier mon camarade Tilleul.

– Ève respire mieux, je suis sûr que c'est grâce à toi. Merci, grand Arbre. Merci d'avoir entendu mon message. J'ai encore besoin de ton énergie vitale. Donne-nous ton oxygène, aide ma fille à respirer. Toi et les tiens, vous êtes tellement puissants, bien ancrés dans le sol avec vos racines gigantesques. Merci. Merci à toi.

Je le caresse, je l'embrasse, je l'aime.

Je reste à ma place. Un petit homme face à une force de la nature. Une poussière face à l'univers. Un ver de terre sous une étoile.

Après un rapide conciliabule dans la voiture, nous décidons d'aller dîner à la cafétéria du centre Leclerc. En fait, nous avons guère le choix. L'horloge frôle déjà les 21 heures. Nous sommes en province. Bien des endroits ne servent déjà plus le quidam.

Peu de monde devant le buffet. Nous poussons nos plateaux en essayant de repérer le plat le moins repoussant. Je détaille les recettes du jour. Poisson blanchâtre noyé dans une sauce visqueuse, veau sans couleur gras comme du mauvais jambon, et couscous concocté à la va-vite on ne sait où. J'opte pour une entrecôte, cette solution me paraissant la moins risquée. Je n'ai pratiquement rien ingurgité depuis deux jours, un morceau de viande me permettra de tenir debout. Je me pousse à choisir un bout de fromage au rayon dessert.

Chacun compose comme il peut son dîner. Direction la caisse. Pas de café, merci.

Nous nous installons sur la terrasse, histoire de pouvoir s'en griller une en fin de repas.

Nous restons ensemble. Comme ça, naturellement, sans se poser de question.

Dîner à quatre.

L'appétit est revenu dans le groupe. Nous mangeons tous les quatre. La pression, redescendue d'un cran, nous permet de souffler provisoirement.

Si on m'avait dit qu'un jour, je dînerais dans une cafétéria avec Anna et Roseline, je ne l'aurais jamais cru. Et pourtant, c'est ce qui se passe.

Le regard de Roseline sur Anna s'est adouci. Circonstances du destin. Solidarité. Intelligence.

Nous discutons organisation tout en reprenant goût à la vie.

Le départ de Betty et Marie approche, elles vont quitter la maison de tonton Pierre incessamment sous peu, nous avons passé un coup de téléphone à un psychologue qui nous a conseillé d'écouter le désir de Betty : si elle souhaite partir en vacances en Bretagne comme prévu, il faut respecter son choix. Thierry doit également remonter sur Paris, il se propose d'accompagner les filles dans le train, de déposer Marie chez elle, de rester avec Betty chez Roseline jusqu'au samedi après-midi, où il conduira la petite gare Montparnasse direction Pornic. Décidément on peut compter sur Thierry. Reste à savoir si des billets sont disponibles, n'oublions pas que vendredi, nous serons le 15 août : les trains depuis Pau sont archi complets, nous aurons sans doute plus de chance du côté de Bayonne.

OK, ce programme est adopté à l'unanimité.

MERCREDI
22 H 20

La nuit tombe sur Pau au moment où nous regagnons le *Quick Palace Hôtel*. Fin de journée. Roseline et Thierry montent vers leur chambre du premier étage. Anna soigne mes blessures chambre 25.

Bécotine, compresses, pansements. Mon antibiotique, mon lexomil, mon portable allumé. Je peux me glisser lentement sous les draps, à la recherche de la position idéale, celle qui évite trop de contact avec mes plaies. Le côté gauche reste le plus confortable.

Le calmant fait bien son travail. Je m'endors devant les inepties olympiques. Du tir au pistolet, du tir à l'arc par équipe, ou un truc dans le genre.

Je dors quelques heures d'affilée avant de rebrancher le poste vers 6 heures du matin. Toujours les JO, en direct cette fois. Toujours peu de médailles d'or. On attaque le judo, avec son lot de déception.

Je somnole aux côtés d'Anna. Je songe à Ève. Je ne vais pas tarder à appeler l'hôpital. On peut demander des nouvelles 24H/24H.

— *Service réanimation, bonsoir.*

— Bonsoir, je suis le papa d'Ève.

– Je viens de m'occuper d'elle, tout va bien, rien de changé depuis votre dernière visite…

– Merci.

JEUDI
06 H 30

Pas de cauchemar. Pas de réveil intempestif. Pas de JO nocturnes.

Premier geste matinal : saisir mon Nokia.

Le portable est resté muet cette nuit. Pas de texto. Rien. Excellente nouvelle.

Nous traînassons au lit jusqu'à 07 heures 30.

Je vais prendre le petit-déjeuner en compagnie d'Anna. Elle a réussi à dormir, aidée, il est vrai, par la chimie des calmants.

Je n'ai pas encore passé mon coup de fil en direction de l'unité Est. Je vais le faire de ce pas, avant que le personnel ne débute tous les soins aux patients.

– *Service réanimation, bonjour.*

– C'est le papa d'Ève, c'est pour savoir si elle a passé une bonne nuit...

– *Un instant, je vous appelle l'infirmière qui s'occupe d'elle.*

Quinze secondes de silence.

– *Oui, bonjour.*

– Je suis le papa d'Ève.

Je me retiens de demander si elle a bien dormi. Question idiote, elle dort depuis trois jours.

— Je viens aux nouvelles.

— Elle va bien ce matin, elle a eu une nuit calme, son oxygénation monte doucement...

— Ah, c'est bien, je vous remercie, à tout à l'heure.

Je raccroche, soulagé. Troisième nuit en notre faveur. Je répercute l'information auprès d'Anna. Elle m'affirme qu'elle n'est pas surprise, Ève est très forte. Elle y croit depuis le début.

Anna se comporte de manière exemplaire. Pas de pitié dans le regard, pas de plaintes inutiles, pas de compassion pesante. Elle se montre solide, présente, dévouée, aimante. Elle m'aide à recharger mes accus. Je pompe l'énergie qu'elle m'offre sans calcul.

Elle m'a promis de faire office de béquille, elle tient parole, je peux m'appuyer sur elle les yeux fermés.

JEUDI
10 H 30

J'ENDOSSE LE RÔLE de taxi. J'emmène tout le monde dans la galerie marchande du fameux centre Leclerc. Anna a besoin d'acheter quelques affaires. Elle est partie dans l'affolement, bourrant son sac en quelques minutes. Elle manque de tout.

Roseline cherche une boutique de téléphone portable. Elle a toujours refusé de céder à cette soi-disant obligation d'être toujours joignable. Les circonstances font qu'elle ne peut s'en passer aujourd'hui. Thierry va repartir avec son portable qui les reliait jusqu'à présent au reste du monde.

Abonnement. Mobicarte. Numéro très facile à retenir. Je l'enregistre dans ma mémoire japonaise.

Bienvenue dans le monde des connectés.

JEUDI
12 H 30

J'ARRIVE EN COMPAGNIE de Roseline dans la salle d'attente du service réanimation de l'hôpital de Pau, où la dame de l'accueil a retrouvé sa place. Comme d'habitude, nous appuyons sur le bouton trois. Comme d'habitude, une voix grésillarde nous répond.

– *Oui ?*

– C'est les parents d'Ève.

– *Ah, vous devez attendre un peu, elle est partie au scanner.*

Fin de la conversation.

Elle est partie au scanner ? Ève passe un scanner ? Cela signifie qu'elle est devenue transportable. Nous prenons cette information comme une bonne nouvelle. S'il la déplace, c'est qu'elle va mieux.

Nous allons sagement nous asseoir, positifs. Une ombre tourne le coin du couloir. Le docteur Descamp.

Il vaque à ses obligations, concentré. Il tourne la tête vers nous. Il nous reconnaît, se détourne de son chemin initial pour se diriger dans notre direction. Il nous lance sans préambule :

— Elle a ouvert les yeux !

— Non ?

— Si, on a diminué l'anesthésie, et elle a ouvert les yeux.

Le docteur nous sourit, heureux de nous offrir ce cadeau. Il n'arbore pas du tout le même visage que la première nuit. Un autre homme. Son attitude prouve combien il s'implique dans son travail.

— Il faut attendre un peu pour la voir.

Sur ces mots, il fait demi-tour et reprend son parcours prévu. Nous échangeons un bref regard avec Roseline. Nous sommes tous deux touchés en plein cœur, au plus profond de nous-mêmes. Elle répète, au bord des larmes.

— Elle a ouvert les yeux !

J'explose intérieurement. Je me mets à arpenter la salle d'attente, haletant tout d'un coup. J'en ai le souffle coupé. La dame de l'accueil nous observe, s'inquiète.

— Ça va ? Votre fille ?

Je parviens à répondre entre deux souffles :

— Très bien, elle a ouvert les yeux.

La dame respire avec nous. Mimétisme des sensations.

— Vous m'avez fait peur ! En vous voyant, j'ai cru qu'il s'agissait d'une mauvaise nouvelle.

— Pas du tout, mais... c'est puissant, l'émotion...

Je tourne ainsi, boitillant dans la salle d'attente, sans pouvoir reprendre le contrôle de mon comportement. Un tourbillon impétueux me ballote en tous sens. Je ne peux lutter contre le vent puissant.

Au bout de quelques minutes, l'interphone nous interpelle. Je flotte dans l'œil du cyclone.

– *La famille d'Ève, vous pouvez venir.*

La famille d'Ève ne se fait pas prier.

Nous fonçons dans le vestiaire pour nous habiller. Et là, là, Roseline et moi, nous craquons ensemble. Nous fondons en larmes, simultanément.

– Elle a ouvert les yeux... répète Roseline.

Je la prends dans mes bras. Ce n'était pas arrivé depuis dix ans. Depuis notre séparation. Jamais je n'aurais pensé reprendre un jour Roseline dans mes bras. Mais là, à cet instant, nous sommes deux parents réunis dans un monde indescriptible. Un monde en quatre dimensions. Un monde où la vie a un sens. Un monde d'amour pur, d'amour vrai, d'amour désintéressé. Un monde où règne l'amour des parents pour leurs enfants.

Nous pleurons ensemble, quelques secondes, soudés. Vannes lacrymales ouvertes au maximum. Le choc a rompu les digues. Le vent de force cinq disparaît, remplacé par la mousson.

– Dis donc, c'est violent comme émotion.

Je partage l'analyse de Roseline. C'est très violent.

Nous sortons de ce trou d'air au bout de quelques secondes.

Nous nous séparons.

Retour à la normal.

Nous voilà prêts.

Couloir. Portes automatiques. Unité Est. Chambre 14.

Nous constatons immédiatement du changement autour d'Ève. Disparition de la fameuse feuille tant redoutée : *patiente curarisée.* Exit également le ventilateur au pied du lit. Le drap ne flotte plus au-dessus du corps de notre fille. Il la recouvre, simplement. Terminé le spectre blanc.

Bien sûr, Ève reste reliée à la vie par une machine qui respire pour elle, mais qu'importe, le danger vital nous laisse un peu de répit.

Le docteur Volatron pénètre dans la chambre, l'œil plus léger que la veille, heureuse de nous décrire l'évolution positive. Elle attaque son diagnostic.

– Comme le vous voyez, depuis ce matin, l'état d'Ève s'est considérablement amélioré. L'oxygénation atteint les 60 %, sa tension est meilleure, on a pu arrêter le traitement au curare, et surtout, on a pu la transporter jusqu'au scanner pour surveiller d'éventuels traumatismes crâniens. Nous avons également pu entamer la phase de réveil, elle commence à répondre aux sollicitations...

– Elle a ouvert les yeux, le docteur Descamp nous a transmis la nouvelle.

Sourire bienveillant de Volatron.

– Elle ne se réveille pas encore tout à fait, ça va prendre un peu de temps avant qu'elle ne soit vraiment consciente. Et nous avons encore des zones d'ombre au niveau neurologique. Nous allons aussi entrer dans la phase infectieuse, avec risque d'attaque au niveau des poumons, fragilisés, agressés par l'eau de mer. Il faut surveiller les développements pneumoniques. Mais le bilan est très positif... Voilà, je vous laisse avec elle... Si vous avez des questions...

— Merci, docteur.

La chef du service nous laisse savourer cet instant de bonheur. Ève revient parmi nous. Elle s'oxygène mieux. Sa tension et sa température ont quitté les tréfonds du tolérable. Elle peut même nous entendre.

Roseline se penche vers elle, fébrile, lui parlant avec délicatesse. Pas de réaction chez Ève qui ne bronche pas derrière son tube de survie. Je tente ma chance. Je la félicite, je l'encourage, je suis fier d'elle, je la rassure, tout va bien se passer. Je n'ai pas davantage de succès que Roseline. Rien. Pas l'ombre d'une preuve qu'Ève nous entend. Elle reste profondément endormie.

Jérémy, le jeune infirmier, entre dans la chambre.

— Vous l'avez vu ouvrir les yeux ?

— Non, on lui parle, mais elle ne réagit pas.

— Il ne faut pas hésiter, il faut parler fort...

Sans prévenir, il s'approche de notre fille et lui crie :

— Ève ! Ève, tes parents sont là !

L'effet ne se fait pas attendre, Ève écarquille grand les yeux. Deux secondes, avant de replonger dans son semi coma. Jérémy nous explique qu'elle entend, mais qu'elle se rendort presque aussitôt, ce qui est normal, vu la dose massive de drogue qu'elle supporte depuis trois jours.

Cette démonstration nous scotche. Impressionnant.

— On peut l'appeler comme ça, sans risque ?

— Ah oui, vous pouvez y aller : si vous n'élevez pas la voix, elle ne vous entendra pas.

Il s'écarte, nous invitant à l'imiter. Roseline prend la place de l'infirmier et applique ses conseils.

— Ève, c'est maman, Ève !

Roseline a droit à son tour à l'ouverture subreptice des paupières qui se referment immédiatement. Jérémy nous sourit, content de partager cet instant de grâce avec les parents de sa protégée.

— N'hésitez pas, ça lui fait du bien d'être stimulée, de vous sentir près d'elle.

Il jette un ultime coup d'œil aux différents appareils. RAS. Il s'éclipse. Nous voilà seuls dans la chambre 14, avec notre enfant qui peut nous entendre.

Roseline recommence « l'expérience » avec plus d'assurance. Cette fois, elle n'hésite pas à élever la voix.

— Ève, c'est maman, on est là, avec papa, ça va aller !

Même cause, même effet. Une parenthèse de conscience chez notre bébé. Un éclair de vie. À peine un flash. Un bref saut dans la réalité, suivi d'un retour immédiat dans l'inconscience.

Je me mêle à la « conversation ».

– Ève, c'est papa, nous sommes jeudi ! Tu es endormie depuis lundi, ça fait trois jours, tu vas te réveiller doucement !

Ève me regarde, sans me voir. Elle m'écoute sans m'entendre. Ses paupières s'ouvrent deux secondes, laissant apparaître deux grands yeux que je ne reconnais pas. J'ai du mal à en distinguer la couleur, la forme. Par contre, je distingue parfaitement l'expression de ce regard.

La terreur. C'est ça, la terreur. Je lis une peur immense dans ses pupilles dilatées.

Comme si Ève sortait d'un long tunnel obscur, interminable. Comme si Ève avait échappé à des créatures odieuses. Comme si Ève venait de claquer la porte de l'enfer derrière elle.

Un apnéiste de retour à la surface.

D'ailleurs, Roseline ne peut s'empêcher de commenter ce regard.

– Tu as vu l'expression dans ses yeux ? C'est impressionnant, elle a l'air terrorisée !

– Elle était partie loin, très loin. C'est normal, tu imagines d'où elle revient d'un coup ?

Non.

Non. Nous n'imaginons pas.

Nous n'imaginons pas ce qu'elle a enduré dans l'eau, quand elle a lutté contre les éléments pendant de longues minutes. Nous n'imaginons pas ce qu'elle a ressenti en se noyant, quand l'eau a envahi ses poumons. Nous n'imaginons pas la violence extrême de l'arrêt cardiaque qui a ébranlé tout son être pendant quelques secondes. Nous n'imaginons pas les lieux incertains, peuplés de mille interrogations, de mille fantasmes, ces lieux fantasmagoriques qu'elle a visités, à cheval entre deux mondes, avant que son pouls ne daigne repartir. Nous n'imaginons pas quel long combat intérieur elle a dû mener depuis lundi pour revenir sur terre.

Nous n'imaginons pas. Personne ne peut imaginer.

Quoi qu'il en soit, nous ne nous attardons pas en commentaires inutiles. Ève ouvre les yeux, quelle grande nouvelle ! Quel bonheur inattendu !

Roseline me laisse un instant seul avec Ève. Je m'assois près d'elle, comme d'habitude, bien calé sur la chaise en tissu. Je ne veux pas la fatiguer, je cesse donc toute sollicitation forcée. Je lui parle à voix douce, certain qu'elle peut m'entendre, à défaut de me comprendre.

Je lui dis qu'on l'attend, qu'elle nous manque, que beaucoup de gens pensent à elle, qu'elle prenne son temps pour revenir, l'important, c'est qu'elle respire de mieux en mieux, les arbres nous communiquent leur oxygène. Je l'aime. Nous sommes liés à la vie à la vie. Elle est forte. La preuve. Quel courage. On a réussi à sortir tous les deux de l'eau. On est en vie. Encore un peu de patience...

Je ferme les poings, je me lève, tel un coach face à son champion, et je conclus par :

– Allez Ève, bats-toi encore, un petit effort, prends mon énergie, prends la puissance des arbres, ils sont avec nous, ça va aller, ça va bien se passer ma fille !

Je termine par un simple « je t'aime », susurré à son oreille.

Je sors de la chambre, fourbu, laissant Roseline prendre le relais.

JEUDI
13 H 30

Fin de la visite matinale. Nous informons Anna et Thierry de ces nouvelles encourageantes.

Déjeuner à la cafétéria de Leclerc, ou peut-être celle de Casino, je ne suis sûr de rien.

Sieste sans sommeil chambre 25 au fond du couloir à gauche.

Pensées furtives, vagabondages de l'âme, délires divers.

JO de Pékin en direct jusqu'à 16 heures 30. Peu de médailles d'or au compteur. Pas de métal jaune en judo, ippon pour les Français.

Départ plein d'allégresse, direction le pôle de santé. Mille mercis à mon arbre protecteur.

La boule d'angoisse étouffante, bien calée au fond de chaque cellule de mon corps, ne disparaît pas. Sa puissance irradiante baisse simplement d'intensité, bien décidée à resurgir au moindre faux-pas.

JEUDI 14 AOÛT
VISITE DE 17 H 00

Dès notre arrivée à l'unité Est, nous croisons le docteur Volatron. Elle est plus tendue, plus contrariée que ce matin. Elle nous demande de la suivre. Nous pénétrons dans la chambre 14.

Ces moments pleins de doute, d'inconnu, d'obscurité totale, constituent de la torture à l'état brut. Du métal en fusion. Ces quelques secondes, où le temps s'étire. Un doigt cruel appuie sur pause. Le doigt cruel nous enferme dans une parenthèse écrasante. Toujours au même moment. À cet instant précis où nous arrivons au bout du couloir, prêts à affronter le verdict médical. Voilà trois jours que le pronostic vital de notre enfant est en jeu. Trois jours. Trois jours à craindre le pire, à espérer le meilleur.

Ce jeudi a bien démarré... Pourquoi le docteur Volatron nous entraîne-t-elle derrière elle avec un air si solennel ?

– Nous avons eu quelques soucis, cet après-midi. D'abord, le cathéter implanté dans l'artère fémorale d'Ève a provoqué un caillot de sang, ce qui a privé son pied gauche de circulation sanguine. Ce genre d'accident est très rare, mais c'est arrivé.

Nous traitons le problème, en espérant pouvoir récupérer le pied sans dommage. Vous verrez, son membre a pris une teinte violacée. Ensuite, on a eu un problème avec une bouteille d'oxygène, ce qui a ralenti la bonne évolution du taux d'oxygénation qui est quand même monté à 70 %. Nous avons, là aussi, rapidement réagi. Ce genre d'incident n'est pas non plus fréquent... On les a accumulés en quelques heures, ça arrive...

— Ça n'a rien provoqué de grave ?

— Non. J'aurais évidemment préféré éviter ce genre de désagréments. Ève se serait bien passée d'un nouveau traitement pour soigner son pied. La panne sur une bouteille d'oxygène n'a pas eu de réelle incidence. Maintenant, nous devons, comme je vous l'avais dit, surveiller sa température qui risque de monter si une infection se déclare. Nous restons toujours concentrés sur ses poumons. Ça va mieux, beaucoup mieux comparé à lundi soir, mais il faut rester vigilant. Demain, nous aurons les résultats du scanner effectué au niveau de son crâne. Si tout se passe bien, je dis bien *si* tout se passe bien, on pourra peut-être envisager une extubation demain soir, ou samedi matin, voire lundi, nous ne sommes pas à deux jours près. Tout dépend des heures qui viennent.

Je brûle de curiosité, d'impatience, j'ai envie de lui poser la fameuse question, la question qui tue : « Alors, ça y est ? Ève est tirée d'affaire ? Vous pouvez nous le dire : c'est une question de temps, mais elle va vraiment se réveiller ? Le spectre du voyage ultime se volatilise dans les nuages ? Docteur, dites-nous quelque chose. Dites-nous que notre fille est sauvée. »

Mais aucun son ne sort de ma bouche. Aucun mot. Rien.

Le muet total.

Je suis persuadé que Roseline meurt d'envie de poser des questions équivalentes, mais elle ne s'aventure pas plus que moi sur ce terrain miné. Trop peur des réponses. Nous ingurgitons les données offertes, sans exiger de suppléments. Pas de dessert, non merci.

Nous devenons fatalistes.

Réalistes, surtout.

N'en demandons pas trop. Les bonnes nouvelles s'enchaînent depuis vingt-quatre heures. De meilleurs chiffres dans l'ensemble, le curare, l'hypothermie, des taux en hausse, un embryon de réveil... Il faut bien que le tableau ne soit pas totalement idyllique. Une panne de matériel, un pied mal irrigué, ce n'est rien, l'important c'est que notre enfant respire, se réchauffe, revienne à la vie.

Et c'est le cas.

En temps normal, on nous annoncerait que l'artère de notre enfant s'est bouchée, provoquant un caillot privant son pied de circulation, avec risque d'amputation d'un orteil, nous serions sans doute dans tous nos états. Mais là, dans le cas présent, après trois jours de flip atomique, nous avalons l'information sans sourciller. OK, le pied d'Ève est menacé, mais sous contrôle. Cette menace ne constitue pas un risque pour sa vie ? Non ? Alors ça va.

Nous apprenons à relativiser.

Le docteur Volatron, son devoir accompli, retourne à ses occupations.

Roseline soulève sans attendre le drap afin de jeter un œil au pied gauche d'Ève. Elle constate sans s'affoler qu'en effet, celui-ci a pris une teinte violacée.

— Ah oui, quand même...

Elle replace le drap, ne s'attardant pas sur cet aspect des choses. L'important se trouve ailleurs. Là, tout près de nous.

Ève.

Son taux d'oxygénation dépasse maintenant les 70 %. Putain, bravo, mon bébé. Belle performance. Encore un petit effort, et tu montes à 100 %.

Sa tension tourne autour de 11/12. Sa température frôle la normale. Le respirateur artificiel remplit fidèlement son rôle, fournissant de l'air aux poumons d'Ève.

Comme d'habitude, Roseline et moi, nous nous relayons au chevet d'Ève.

Je commence. Je l'interpelle une fois ou deux, histoire de la stimuler. J'obtiens la même réaction de la part d'Ève. Elle ouvre un court instant ses yeux hallucinés avant de replonger dans les nimbes cotonneuses du sommeil chimique. Je n'insiste pas.

Je prends place sur la chaise à gauche du lit. Je reprends mon rôle de coach paternel. Je la pousse à lutter encore et encore, je la rassure, je la soutiens, je l'aime. Je lui transmets l'affection de tous nos proches. Je souligne l'efficacité de l'équipe médicale en charge de sa santé. Je lui communique mon optimisme, ma foi en l'avenir. Il nous reste tant de choses à partager ensemble !

Je reste ainsi une quinzaine de minutes auprès d'elle, me vidant de toute substance. Je ne garde aucune énergie, je l'offre entièrement à Ève. Je ressors de la chambre 14 une nouvelle fois lessivé.

Je dois tenir.

Ne rien lâcher.

Ne rien lâcher.

Surtout pas maintenant.

JEUDI
19 H 15

La dernière visite de ce troisième jour se déroule sans événement particulier. État stationnaire.

Nous venons, globalement, de vivre une journée pleine de promesse.

Anna et moi décidons de nous accorder un instant de plaisir. Je l'invite à dîner dans un restaurant japonais dans le centre-ville.

J'apprécie le goût des sushis, j'apprécie l'amour d'Anna, j'apprécie la nuit qui tombe, j'apprécie le petit vent frais d'été qui nous caresse l'échine, j'apprécie l'accalmie relative, j'apprécie la cigarette de fin de repas, j'apprécie de n'être pas seul, j'apprécie l'oxygène des arbres.

Je n'étouffe plus, je respire par saccade.

VENDREDI
07 H 40

Le lendemain matin à la première heure, je passe mon coup de fil habituel à l'unité Est. Ève a passé une très bonne nuit, son oxygénation a encore monté, tout va bien.

Excellent.

Je peux profiter du petit-déjeuner sans être opprimé par l'angoisse. Une angoisse toujours présente, rivée à tous les pores de ma peau, mais une angoisse habituelle, une angoisse devenue supportable. Une angoisse que j'apprends à accepter.

Plus tard. Première visite de la journée.

Le docteur Volatron est toujours de service en ce vendredi. Comme à l'accoutumée, elle nous accueille avec le bilan médical d'Ève.

Elle constate de nouveaux progrès respiratoires. Ça y est, l'oxygénation d'Ève atteint les 100 %. Son équipe et elle-même ont décidé de baisser la puissance du respirateur. Voilà quatre jours que la machine fonctionne à plein régime. Enfin, ils peuvent la descendre d'un cran pour qu'Ève commence à prendre le relais. Le scanner n'a détecté aucune anomalie au niveau de la tête. Le pied suit un traitement adapté, à surveiller. L'extubation reste envisagée, selon l'évolution dans les heures qui viennent. Question neurologique, le fait qu'Ève réponde aussi bien aux sollicitations extérieures rassure le docteur Volatron. Ça ne veut pas dire qu'on évitera tous les problèmes, mais il s'agit d'un bon point. Un seul détail perturbe le docteur : la température monte sensiblement. Premiers symptômes de risques infectieux.

Pour l'instant la phase de réveil est maintenue.

La phase de réveil est maintenue...

Maintenue...

Mais pas pour longtemps...

VENDREDI
19 H 06

Le soir, le vent tourne.

Le soir, les Alizés, empreints d'une douceur chaude et apaisante, cèdent leur place au vent du nord, glacial.

Le soir, le docteur Badia a remplacé le docteur Volatron.

Le docteur Badia n'a pas la douceur optimiste de sa collègue. Il parle peu. Il semble rongé par les responsabilités de son métier de médecin réanimateur. Il n'est pas là pour soutenir psychologiquement les familles. Il leur expose les faits, les risques inhérents. Point barre.

Le docteur Badia nous explique qu'il a été obligé de remonter la puissance du respirateur, les poumons d'Ève ne répondant pas d'une façon satisfaisante. Et sa température est montée d'une façon problématique, dénonçant l'arrivée d'une infection.

La pneumonie, tant redoutée, pointe le bout de ses bactéries.

Ils ont procédé à des prélèvements dans les poumons, pour cerner au plus vite la nature du gène en cause. Il faut analyser rapidement ces résultats, fabriquer l'antibiotique adapté, et démarrer sans perdre de temps le traitement. Le délai pour connaître l'efficacité du médicament oscille entre vingt-quatre et quarante-huit heures.

Résultat des courses, Ève a été rendormie.

Je lui fais part des projets d'extubation évoqués par le docteur Volatron.

— L'extubation n'est plus d'actualité. Elle va mieux depuis hier, c'est vrai, mais tout ça reste très fragile. Nous attendions une attaque infectieuse, elle arrive de façon rapide. Je mets un bémol à la situation, il est trop tôt pour se réjouir totalement.

Un bémol ? Ça veut dire quoi, un bémol ? L'attaque infectieuse peut-elle devenir mortelle pour notre fille ? Elle reste vulnérable soit, mais jusqu'à quel point, docteur Badia ? L'antibiotique peut ne pas agir ? Ou agir trop tard ?

Roseline et moi encaissons le discours déprimant de Badia qui quitte la pièce la tête basse.

Je tente un réconfort auprès d'une infirmière, dont je n'avais pas encore aperçu le visage. Mais cette conne, sans doute contaminée par l'humeur noire de Badia, me parle d'épée de Damoclès au-dessus de la tête d'Ève.

Épée de Damoclès.

A-t-elle idée de ce à quoi elle fait référence ?

Qu'est-ce qu'elle vient m'emmerder avec ce type mort au IVe siècle avant Jésus-Christ, ce courtisan de Denys l'Ancien, qui dîna avec une lourde épée suspendue au-dessus de sa tête, retenue par un simple crin de cheval ?

Épée de Damoclès. Le bonheur qui tient à un fil, et toutes les conneries qui vont avec.

De quoi je me mêle ? De quel droit utilise-t-elle cette expression ? Sait-elle de quoi, de qui elle parle ? Se rend-elle compte une seule seconde l'état de fragilité des gens qu'elle a en face d'elle ?

Je décide de l'ignorer.

Bémol. Épée de Damoclès.

De simples mots. Lourds de signification. De simples mots synonymes de quoi ? Retour case départ ? Risque majeur en perspective ? Demi-tour droite ? Rebelote ? Réouverture des lourdes portes du tunnel obscur?

Ça n'en finira donc jamais ?

Nous soufflons à peine depuis la veille, et voilà qu'on nous précipite sans pitié sur les pentes redoutables du doute inconcevable. Je lutte pour ne pas sombrer dans un bain d'idées noires, dans un marécage nauséabond peuplé de pensées stériles. Je lutte pour rester fort auprès d'Ève. Elle a besoin d'ondes positives autour d'elle, pas de lamentations vaines.

Roseline sort discuter avec une autre infirmière.

Je m'approche du lit. Le respirateur artificiel gonfle les poumons d'Ève à cadence régulière.

Le métronome. Fidèle machine odieusement indispensable.

J'étends mes mains, paumes grandes ouvertes, au-dessus du drap, au niveau de la cage thoracique. Je ferme les yeux, concentré sur l'infection venue troubler le réveil promis. Une chaleur inhabituelle inonde mes mains. Je pense de toutes mes forces au tilleul. Mon arbre. Je sens sa force en moi. Son oxygène. J'ai l'impression de devenir une antenne qui transmet de l'énergie dans les poumons fragilisés. Les paumes de mes mains deviennent bouillantes, irradiant un magnétisme évident.

Il est possible que je délire. Il est possible que cette chaleur ne soit que le fruit de mon imagination.

Mais.

Qui sait ?

Il est également possible que tout mon amour se concentre dans mes mains, que cet amour stimule des zones inexploitées de mon cerveau, permettant d'exécuter des actions irrationnelles.

Comment savoir ?

J'agis ainsi sans réfléchir, poussé par une sorte de sixième sens inexplicable. Je nage depuis des jours dans l'irrationnel, alors pourquoi se borner à des comportements raisonnés ? Je reste ainsi quelques instants, immobile, dans ma posture de guérisseur. Paumes grandes ouvertes, concentré à l'extrême, connecté à Ève.

Tout d'un coup, je relâche mon effort, vidé jusqu'à la moelle.

— Ça va aller, Ève. Ils vont soigner ta pneumonie, et tu vas vite te réveiller. Prends ton temps, ma fille, respire, oxygène ton corps. On est là, on ne te lâche pas. Maman, Anna, Harry, Betty, Marie, tout le monde pense à toi. Tout le monde attend ton retour. Respire. Allez. Je respire avec toi.

Je cale un instant mon rythme respiratoire au sien. J'ai du mal à suivre. Le métronome respire trop vite pour moi.

VENDREDI
20 H 20

ÈVE DORT, abrutie de sommeil. Un sommeil chimique.

Le week-end se profile, compromettant irrémédiablement la phase de réveil. Le docteur Volatron a bien spécifié que les équipes hospitalières se réduisent comme peau de chagrin pendant le week-end, que le cas d'Ève exige une réactivité de chaque instant. Il faut donc attendre lundi avant d'accélérer le processus.

Nous devons donc prendre notre mal en patience.

Attendre.

Surveiller la fièvre, prier pour que l'antibiotique enraye la progression du gène pneumonique.

Attendre.

Oublier le bémol, l'épée de Damoclès, l'infection, les zones d'ombres neurologiques, la fièvre, le pied violacé.

Attendre.

Se focaliser sur la bonne oxygénation, sur les réactions d'Ève aux premières sollicitations vocales, sur la tension qui se maintient.

Apprécier les bons côtés, ignorer les mauvais.
On va y arriver.
On va y arriver.
Putain d'inertie de l'angoisse.

SAMEDI 16 AOÛT
06 H 45

J'APPELLE L'HÔPITAL aux aurores, comme à mon habitude.

La télé, en fond sonore, crache les images des athlètes ambitieux. Pékin 2008. Résumé des épreuves. Ça saute, ça court, ça s'échauffe, ça s'étire, ça se concentre, ça lutte, ça sue, ça double, ça cale, ça rate, ça gagne, ça lève les bras, ça s'écroule.

— Bonjour, c'est le papa d'Ève.

— *Elle a passé une bonne nuit, la machine a été un peu baissée, Ève respire mieux seule.*

— Et pour la pneumonie ?

— *Il faudra voir ça avec le docteur.*

— Quel docteur sera là ce matin ?

— *Madame Volatron.*

Ouf. Soulagement.

Notre docteur porte-bonheur. Elle nous annonce toujours des bonnes nouvelles.

SAMEDI
11 H 00

Je reconduis Anna à la gare de Pau. Elle doit remonter à Paris. Harry a besoin d'elle, ainsi que sa fille, Emma, qui revient de Tunisie comme prévu.

Nous sommes en avance. Sur le quai, Anna se fissure, laissant échapper toute la pression accumulée depuis trois jours. Elle a tenu le coup jusqu'à présent, assumant avec courage et abnégation son rôle de béquille. Je me suis appuyé sur son épaule, l'écrasant à petit feu du poids de mes peurs. L'état d'Ève s'est grandement amélioré depuis qu'elle est arrivée, elle peut se relâcher.

À mon tour de la soutenir jusqu'au train.

Le jeu des béquilles musicales.

Je demande un billet au guichet les trains sont tous complets pour Paris il faut attendre mardi matin aucune place avant cette date nous sommes le 16 août c'est le rush vendez-moi quand même une place je m'arrangerai avec le responsable du voyage ah non c'est pas possible l'ordinateur ne peut plus éditer de billets OK je ne polémique pas avec l'employée au regard borné je décide de prendre un billet pour mardi histoire de pouvoir repartir avec un ticket en main ensuite je rejoins Anna qui a du mal à s'arrêter de pleurer je la rassure j'ai réglé le problème du billet l'idée étant qu'elle monte dans le prochain TGV sans réservation en signalant au contrôleur l'urgence du voyage ce que je fais dès que le train entre en gare le type accepte Anna dans son train bien que le billet ne corresponde pas elle risque simplement de devoir se contenter d'un strapontin c'est vraiment complet on est le 16 août c'est le grand rush oui on sait merci.

Anna, cachée derrière ses lunettes de soleil, se réfugie dans un compartiment. Elle repart dans un piteux état.

Quel été. Nous devions nous reposer. Nous nous épuisons.

Je ne peux rien faire pour l'aider. Impossible de l'accompagner. Elle m'assure que ça va aller, qu'elle est juste très fatiguée. Je ne la crois pas, je sais que le voyage s'annonce difficile, tout comme le retour à la réalité.

Le quotidien.

Elle vient de passer un séjour que je ne souhaite à personne.

Les portes coulissantes se ferment. Je reprends ma route en boitillant jusqu'à la sortie. Mes pieds me lancent toujours dans mes sandales noires décaties.

Mes plaies cicatrisent à leur rythme.

SAMEDI
12 H 30

À L'HÔPITAL, les médecins ont réussi à identifier le gène qui agresse les poumons d'Ève. Ils adaptent le traitement en conséquence. La radio des poumons dénonce l'avancée rapide de l'infection qui a progressé pendant la nuit. Le docteur Volatron se méfie de ce gène, plutôt rare, capable de muter. Il faut patienter pour savoir si le traitement se révèle efficace.

Vingt-quatre, quarante-huit heures. Nous étions prévenus.

Le souci survenu au pied gauche d'Ève semble maîtrisé, bien que les orteils aient du mal à retrouver une circulation normale. Il faudra peut-être amputer un bout du gros orteil. À voir.

Le respirateur artificiel a été baissé d'un cran. Malgré la pneumonie, Ève résiste. Elle ne demande qu'à respirer seule.

La fièvre joue les trouble-fêtes, flirtant avec les 39°C. Le docteur Volatron, confiante, nous annonce que la phase de réveil reprend son cours. D'ailleurs, il faudrait prévoir des photos de famille, des images familières, qu'Ève reconnaîtra en reprenant connaissance.

Franchement, nous ne comprenons pas toutes les finesses de la procédure, perdus entre les médecins aux discours négatifs et les médecins plus optimistes, ou peut-être que la situation évolue vraiment d'heure en heure, d'un pied sur l'autre. Un pas en avant, un pas en arrière, un pas sur le côté.

Le docteur Badia nous refroidit hier soir, nous faisant passer une nuit sous double dose d'anxiolytique, nous promettant un week-end plein de suspense et de bémol, et voici que, dès le lendemain, malgré la pneumonie au gène mutant, on réactive le réveil d'Ève. Difficile de suivre le rythme, de se réjouir, de baisser l'intensité de la tension nerveuse, dans ce jeu cruel où on souffle sans arrêt le chaud et le froid.

On a l'impression que tout et n'importe quoi peut survenir à chaque instant. Restons sur nos gardes.

OK.

Pour ce qui est de maintenant, là, tout de suite, ne boudons pas notre plaisir. Nous sommes heureux de courir faire développer quelques clichés familiaux contenus dans mon ordinateur. Photo de Mouche, le Labrador. Photo d'Ève avec ses copines. Photo d'Harry, Betty, Emma et Ève. Photo d'Anna et moi. Pas de photos de Roseline dans mon Mac. Elle s'en fout de ne pas faire partie du lot.

Les clichés se retrouvent scotchés en face du lit d'Ève qui se réveille tout doucement.

Les toubibs estiment qu'elle s'agite trop. Ils lui attachent les mains pour ne pas qu'elle arrache une sonde, une perfusion, ou même le tube qui la relie au respirateur artificiel. Devant la tonicité de notre fille, ils préfèrent la maintenir dans une sorte de semi sommeil durant le week-end.

Rien ne presse. Laissons l'antibiotique agir contre l'infection, laissons la fièvre baisser, laissons le sang circuler jusqu'au pied. Bref, nous suivons les recommandations du docteur Volatron qui aime conclure nos entretiens par un « restons vigilants ».

Vigilants, nous le sommes depuis bientôt une semaine.

Vigilants, concentrés, sur le coup, présents, attentifs, aimants, optimistes, déprimés, épuisés, surpris, écrasés, déçus, impatients, soulagés, confiants, désespérés, las.

Le week-end coule ainsi, entre l'hôpital, où le couvre-feu a été décrété... Entre la cafétéria, où l'on peut déjeuner à pas d'heure... Entre l'hôtel, où nous devenons des habitués... Entre les épreuves des Jeux Olympiques, où les médailles d'or françaises ne sont pas légion... Entre les branches de mon arbre, où l'espoir se niche... Entre les hauts et les bas d'un moral mis à rude épreuve... Et enfin, entre les bras de Morphée, qui nous sourit sans nous juger, séduite par l'effet des calmants.

LUNDI 18 AOÛT
12 H 30

Deuxième semaine. Septième jour.

Tout s'accélère. L'équipe médicale, à nouveau au grand complet après ce long week-end, décide de déclencher le processus de réveil. Pour de bon, cette fois.

Lorsque nous arrivons pour la première visite, nous sommes accueillis par un enthousiasme général. Avant même d'atteindre l'unité Est, nous apprenons que la dernière radio des poumons montre une régression de la pneumonie, et surtout, surtout, nous apprenons qu'Ève est réveillée, éveillée, consciente. Elle répond par des gestes, elle est plus calme, elle ne se souvient pas de l'accident, elle sait qui elle est.

Le docteur Descamp, messager incrédule, n'a pas l'air d'en revenir lui-même. Un regard un peu enfantin illumine son visage juvénile, le voilà métamorphosé.

Exit le masque pessimiste. Exit les bémols. Exit les statistiques et autres Damoclès. Il nous conduit jusqu'à la chambre 14 où notre fille revient à la vie. À sa vie.

J'ai du mal à suivre le rythme, enfermé dans une torpeur d'attente, cloisonné dans les « si » et les « peut-être », englué dans l'expectative...

Descamp se dirige vers Ève, tout excité de lui annoncer l'arrivée de ses parents.

— Ève, ça y est, tes parents sont là !

Ève ouvre les yeux, laissant apparaître ses deux yeux bleus. Deux yeux bleus, que cette fois, nous reconnaissons. Des yeux retrouvés. L'expression de terreur a disparu. Son regard traduit la fatigue, l'abrutissement des drogues, l'étonnement aussi, mais toute trace d'angoisse effrayante s'est évaporée.

Ses mains sont toujours attachées pour prévenir un geste malencontreux, une réaction contre ces tuyaux qui courent partout sur son corps.

Ève maintient ses paupières ouvertes pendant une trentaine de secondes, le temps qu'on l'entoure, qu'on la félicite, qu'on lui souhaite la bienvenue. Épuisée par ce premier contact, elle referme les yeux. Descamp nous informe que son réveil va s'étaler sur plusieurs heures, voire plusieurs jours, avant que son corps n'élimine les doses massives de sédatifs, morphines, et autres anesthésiants. Qu'importe, le processus est enclenché. Descamp nous laisse seuls avec notre petite.

Durant les minutes qui suivent, Roseline et moi mettons au point un système pour pouvoir communiquer avec Ève. Elle n'a pas encore la force de bouger, et le gros tube de plastique enfoncé dans sa gorge jusqu'au poumon l'empêche de s'exprimer. Elle peut juste remuer les mains.

— Ève ? Pour l'instant, tu as ce tube qui t'aide à respirer, ça ne doit pas être agréable, et surtout, ça t'empêche de parler. On va faire simple, on te pose des questions, et tu nous réponds en nous serrant la main. Tu as bien compris ?

Elle ouvre les paupières, réussit à faire une moue bizarre, nous regardant comme deux abrutis. Oui, elle a compris, mais nous avons oublié de définir si le serrage de main correspondait au « oui » ou au « non ».

— Ah oui, pardon, on va dire que tu serres la main pour oui. OK ?

Elle serre.

— D'accord, ça fonctionne très bien. Les docteurs t'ont bien expliqué ce qu'il t'est arrivé ?

Elle serre.

— Tu sais que tu es là depuis une semaine ?

Elle serre.

— Tu te souviens un peu de l'accident ?

Elle ne serre pas.

— Tu ne souffres pas ?

Elle ne serre pas.

— Tu veux quelque chose ? Tu as besoin d'un truc ?

Elle serre.

— Quoi ?

Mauvaise question. Elle ne peut pas répondre par oui ou par non à cette demande. Nouvelle moue. Nous nous reprenons.

— Tu as besoin de quelque chose qu'on peut t'amener ?

Elle ne serre pas. Elle réussit à pointer vaguement son doigt vers le petit boîtier niché près de la porte coulissante.

— La radio ? Tu veux de la musique ?

Elle serre.

Je demande à l'infirmière de rebrancher la radio de la chambre. Ève a du mal à rester éveillée. Ses paupières sont lourdes.

— Tu te sens très fatiguée ?

Elle serre.

— Repose-toi, on reste près de toi, on a le temps de discuter...

Je termine à peine ma phrase qu'Ève se rendort.

Roseline se tient d'un côté du lit, moi de l'autre. Nous échangeons un regard complice, plein de bonheur, de soulagement, de surprise. Nous sommes comme deux enfants hypnotisés devant un arbre de Noël jonché de cadeaux.

Ève est de retour.

Elle nous reconnaît, elle comprend, elle répond, elle se souvient. Nombre d'inquiétudes se dissipent tout d'un coup.

Nous la regardons se reposer en lui tenant chacun une main. Nous restons ainsi, silencieux, près d'elle, appréciant ce moment avec une délectation particulière. Nous n'osons plus faire de bruit. Nous n'osons plus la fatiguer. Nous sommes aussi épuisés qu'elle.

Nous remarquons que la puissance du respirateur artificiel a été baissée, et que le taux d'oxygène reste stable. Nous remarquons que la température est tombée. Nous remarquons que seul le rythme cardiaque reste trop élevé.

Je souris pour la première fois depuis sept jours.

LUNDI
17 H 00

Le docteur n'évoque plus le gène de la pneumonie, la teinte violacée sur le pied gauche s'estompe, les doutes neurologiques fondent comme neige au soleil.

Ouf.

Une semaine.

Une semaine qu'Ève se remet, chaque jour un peu plus, sous les yeux surpris des toubibs.

— On revient de loin.

— Franchement, par rapport à la situation à son arrivée...

— C'est le scénario idéal !

Une semaine qu'elle revient à elle, doucement, à son rythme. Une évolution inespérée qui nous amène à aujourd'hui.

Réveil opérationnel.

Ève va « on ne peut mieux » pour quelqu'un qui revient d'un territoire aussi lointain que Neptune.

Un territoire désertique.

Une contrée inhospitalière d'où peu d'explorateurs intrépides ont réussi à revenir.

Et pourtant... Pourtant, personne ne nous dit qu'Ève est « tirée d'affaire ».

Une semaine de progrès constants, et pas un mot définitif sur la fin du danger. On nous a prévenus dès les premières heures de la gravité extrême de son état, mais, paradoxalement, aucun médecin ne nous a encore rassurés définitivement sur la fin du suspense fatidique. Pris dans l'engrenage de l'évolution improbable au « scénario parfait », personne n'a pensé à nous adresser ces mots simples : « Voilà, maintenant, on peut dire que votre fille est sauvée. »

Nous ne savons pas à quel moment cette phrase aurait pu être prononcée. Et comme elle n'a pas été prononcée « officiellement », nous ne savons pas si on peut se réjouir totalement. Nous n'osons pas, de nous-mêmes, poser la question.

Pour ma part, je sais qu'Ève nous revient. Je le sais depuis le début, depuis que le maître-nageur m'a lancé dans l'ambulance « j'ai récupéré son pouls », mais ce genre de certitude n'enlève en rien la pression, les doutes, l'angoisse. Il ne comble pas l'écart entre positivisme et réalité des faits.

Pour quelles raisons aucune blouse blanche nous a-t-elle adressé ces mots simples ? « Voilà, maintenant, on peut dire que votre fille est sauvée. »

Nous devons nous débrouiller, nous devons traduire l'enthousiasme du docteur Descamp, celui-là même qui a reçu Ève à son arrivée le lundi 11 août, aux alentours de 21 heures.

OK. Admettons.

Inutile de prononcer les « mots », docteur Descamp. Nous lisons en vous comme dans un livre ouvert. Votre teint n'est plus blafard, vos cernes sont invisibles, votre sourire est de retour, vos yeux brillent.

Elle va vivre.

Elle va se lever. Elle va manger, boire, parler à nouveau.

Elle va vivre.

Elle connaîtra des crépuscules enchantés, des nuits fantasques, des aubes magiques, des jours heureux.

Elle va vivre.

Elle aimera, elle frémira, elle quittera, elle mentira, elle sera fidèle, elle doutera, elle donnera, elle sera quittée, elle aimera à nouveau.

Elle va vivre.

Apprendre, rencontrer, écouter, choisir, étudier, voyager, se tromper, revenir, danser, s'endormir, rêver, marcher, conduire, attendre, veiller, raconter, surprendre, décevoir, accepter, batailler, buller, s'accrocher, réussir...

Elle va vivre.

LUNDI
19 H 00

Ce septième jour coule ainsi, au rythme du réveil progressif d'Ève.

Elle sort lentement de sa camisole chimique.

Le soir, elle bouge mieux ses mains, sans toutefois contrôler ses mouvements. Des scratchs enserrent toujours ses poignets. Elle peut à peine tourner la tête. Elle garde les yeux ouverts par période d'une à deux minutes, pas plus. Elle ne souffre pas, préservée de toute douleur par de puissants médicaments. Elle tousse souvent, secouée par des spasmes impressionnants. Une toux sans bruit. Une toux dont le son se perd dans le tuyau du respirateur. Elle accepte mieux la présence de ce corps étranger dans son œsophage. Le docteur Volatron nous a signalé qu'elle suit un traitement pour juguler la dépendance à la morphine. Les docteurs sont ainsi faits, ils nous informent de certains détails, nous en cachent d'autres, ou omettent de nous en parler.

Nous dialoguons avec Ève à l'aide de notre technique du serrage de main.

Ève se sent cotonneuse elle n'a pas faim non ça ne lui fait pas mal quand elle tousse il faut qu'elle tousse qu'elle crache ses miasmes on ne sait pas vraiment quels virus traînent dans les eaux de l'océan Atlantique et auraient pu se glisser dans ses alvéoles martyrisées oui elle a reconnu les photos accrochées face à elle oui elle veut bien qu'on lui apporte d'autres clichés oui elle est contente qu'on lui ai apporté son téléphone portable sauf qu'ici on n'a pas le droit de le brancher pour éviter que les ondes n'interfèrent avec les machines non elle ne veut plus de musique par contre elle aimerait qu'on zappe sur la trois qu'elle essaye de regarder *Plus Belle la vie* quand on sera partis trop tard elle se rendort avant qu'on ne quitte sa chambre.

Plus belle la vie...

MARDI 18 août
12 H 30

NOUVELLE JOURNÉE. La huitième. Nouveaux progrès.

La semaine s'enchaîne sans anicroche. Au contraire.

Une belle surprise nous attend. Le respirateur artificiel est débranché.

Le tuyau qui sort de la gorge d'Ève n'est plus relié à la machine métronomique, désormais éteinte.

Notre fille respire seule, sans aucune assistance. Ses poumons ont repris leur fonction, mais il faut attendre encore un peu avant d'enlever le tube, opération désignée sous le terme « extubation ». Il faut être certain que la respiration reste stable avant de pratiquer l'opération.

Pour le moment, l'oxygénation se maintient à 100 %. Ève travaille sans filet.

Une bonne journée.

Ève est moins nerveuse, ses mains sont désormais libres, ses gestes plus précis. Elle manie la télécommande de la télévision, et peut changer de chaîne sans assistance. On devine son sourire malgré la présence du tube respirateur qui lui déforme la bouche.

Son sourire.

Quel bonheur. Simple, intense.

Par contre, en ce qui me concerne, je m'affaiblis. Je tousse, je me sens fiévreux. Je croise le docteur Volatron qui me conseille d'aller faire une radio pulmonaire de contrôle, sans attendre le jeudi, comme l'avait préconisé son collègue, il y a une semaine pile.

— Vous avez respiré de l'eau de mer. Il faut rester vigilant. Pensez à vous. Ce n'est pas le moment de tomber malade.

Vigilant.

— Dois-je continuer à prendre l'antibiotique ? On avait prévu une semaine de traitement.

— Vous pouvez arrêter, ça ne changera rien. Mais allez faire une radio.

— D'ailleurs, puisqu'on parle de ma santé, est-ce que vous pensez qu'il faut enlever mes points de suture sur ma coupure, je ne me souviens plus combien de temps on m'a conseillé de les garder.

Le docteur Volatron, bienveillante, se penche sur ma cicatrice. Au petit soin.

— Je vais demander à une infirmière de s'en occuper.

Aussitôt dit, aussitôt fait. Bien que ce ne soit pas inscrit dans leurs prérogatives, le service réanimation s'occupe de moi.

Une infirmière aussi douce qu'une pluie d'été m'ôte délicatement les cinq points de suture qui enserre mon entaille. Quel talent. Mon tibia est libéré.

Pour ce qui est de la radio pulmonaire, je m'exécute séance tenante. Je pars en consultation au rez-de-chaussée.

Une heure d'attente. Juste avant moi, un gosse dans le plâtre hurle, apeuré par la radio. Mon tour arrive. Face, profil. Clic, clac.

Je repars avec mes photos noir et blanc sous le bras.

Au détour de la visite suivante à l'unité Est, je rencontre le docteur Descamp qui accepte de jeter un œil sur mes clichés, m'évitant une grosse perte de temps à prendre un RDV avec un toubib « extérieur ». En trois secondes, son verdict tombe :

– Vous pouvez courir le marathon, Monsieur L.

Infection évitée. Tant mieux.

Mes blessures cicatrisent, je marche avec moins de difficultés, mes poumons vont bien, Ève se rétablit. Que demander de plus ?

Pour fêter ça, je m'accorde une balade en vélo, avec le VTT de Pierre. L'engin attend dans un coin de l'hôtel depuis le premier jour. Juste avant l'accident, je l'avais embarqué dans le coffre de ma bagnole, histoire de me promener dans les chemins pendant que Betty savourait sa séance de rollers. Quand je suis revenu récupérer ma voiture en pleine nuit, à la Chambre d'Amour, le vélo attendait toujours sagement dans le coffre.

J'apprécie cette sortie en VTT. Je suis plus apte à pédaler qu'à marcher.

Je déambule doucement dans les allées d'un parc. Je remarque de grands arbres multi centenaires. Je leur souris.

Je me détends doucement.

En surface.

Enfin.

MERCREDI
12 H 30

Le grand jour.

Lorsque nous arrivons pour la première visite, le docteur Descamp surgit dans la chambre. Il nous demande de sortir. Tous les paramètres sont réunis pour pratiquer la délicate opération de l'extubation. Ève respire seule, de façon satisfaisante, depuis plus de vingt-quatre heures.

Il est temps de passer à l'étape suivante. C'est maintenant, là, tout de suite.

Après dix minutes d'attente fébrile dans la zone des familles, nous sommes invités à retourner auprès d'Ève.

Extubation réussie.

Nous entrons dans la chambre où nous découvrons enfin le visage de notre Ève, libéré de toute entrave. Exit le tube de survie. Elle peut désormais chuchoter dans un petit souffle. Je me penche vers elle pour l'entendre s'exprimer.

Elle est tellement belle, tellement lumineuse. Ses murmures sont autant de perles de joie. Je me souviendrai à vie de ces trois mots expirés à mon oreille. Ses premières « paroles » à mon égard.

— Je t'aime...

Je me retiens pour ne pas pleurer. Je l'embrasse. Je la questionne sur ses impressions, ses souvenirs disparus dans les brumes du coma artificiel. Rien à faire, elle a oublié la plage, la digue, l'accident. Black-out total. Soupape de sécurité du cerveau.

Elle se remémore la matinée, mais ensuite, rien. Le noir. Tant mieux. La nature est bien faite.

— J'ai soif...

— Tu n'as pas le droit de boire, mon amour. Ni de manger, il faut attendre un peu.

Toutes ces émotions fatiguent Ève. Nous la laissons se reposer dans le calme feutré de la chambre 14.

MERCREDI
13 H 30

DERNIÈRE « alerte ».

Dernier coup de flip. Dernière ombre au tableau immaculé. Ève souffre du cou. Elle a beaucoup de mal à maintenir sa tête droite, comme les nouveaux-nés.

Fragilité ? Réaction post-médicamenteuse ? Danger éventuel ?

Une radio effectuée sur le champ ne révèle rien d'inquiétant.

On nous répète qu'Ève va mettre des semaines avant que son corps n'assimile toutes les molécules chimiques injectées pendant ces dix jours de combat.

Putain d'inertie de l'angoisse.

MERCREDI
15 H 30

Ce mercredi après-midi, Roseline et moi, nous rencontrons le psychologue de l'hôpital. Un type barbu, à lunettes, qui a l'air de se moquer de tout. Il a le physique de l'emploi. Il nous regarde en silence avant de nous demander de vider notre sac.

Je choisis ce moment pour raconter le déroulement de l'accident. Je m'exprime pour le psy, mais surtout pour Roseline qui ne connaît toujours pas le scénario du drame. Nous nous côtoyons depuis dix jours, et elle ne m'a jamais posé une seule question sur le pourquoi ou le comment de l'accident. J'attendais l'instant propice pour expliquer. L'instant propice est arrivé. J'en ai maintenant la force. La force de revivre en détail le cauchemar.

Je prends une grande inspiration avant de remonter le temps jusqu'au 11 août. Exercice pour le moins délicat.

Je raconte la journée, la plage, Betty qui fait du roller, la Chambre d'Amour, mon arrivée sur le front de mer, Ève et Marie, Ève qui barbotte, mes envies de lui conseiller de sortir de l'eau... Je raconte l'instant où tout bascule... Je revois les images de l'accident.

Ève qui dérive le long de la digue, ma course, mon sauvetage catastrophique, la vision de notre mort commune, les vagues brutales, ma sortie de l'eau, la plage, le massage cardiaque, l'ambulance, les urgences, Pau, le service réanimation unité Est.

Le psychologue et Roseline m'écoutent sans m'interrompre. Je réussis à être précis, je réussis à aller jusqu'au bout de mon récit sans m'effondrer. Limite.

Le psychologue conclut mon monologue par un simple :

— Très bien.

Il se tourne ensuite nonchalamment vers Roseline.

— Et vous ? Comment avez-vous vécu tout ça ?

À son tour, Roseline revient dans le passé. Lundi 11 août. Son retour du travail. Le coup de fil passé depuis l'ambulance des pompiers, lui annonçant la catastrophe. La terre qui s'écroule autour d'elle. Le voyage cauchemardesque en train de nuit pour Pau. L'appel nocturne du docteur Descamp qui vient de réceptionner Ève, appel laissant peu de place à l'espoir. L'attente du pire.

Son arrivée au chevet d'Ève le mardi, aux aurores. L'angoisse extrême des quatre premiers jours. Les bonnes nouvelles. Le réveil d'Ève. L'extubation.

Le psychologue, peu loquace, marque un temps avant de lâcher :

— Donc, aujourd'hui, tout va bien...

— Tout va mieux, c'est certain.

Le psychologue nous demande de faire attention à tous les membres de la famille, et il nous conseille d'essayer de mettre par écrit tout ce qu'il s'est passé, l'exercice étant efficace pour se libérer des réminiscences négatives qui, en pareil cas, ne manquent pas de rôder dans l'ombre, prêtes à resurgir...

OK. D'accord. Merci, docteur. De rien. Pour conclure, il nous serre mollement la main.

Ensuite, il nous raccompagne vers la sortie parce que c'est compliqué le chemin entre son bureau et le hall d'entrée un peu genre labyrinthe d'ailleurs il n'a pas tort les couloirs s'enfilent les uns après les autres communiquant avec des escaliers inattendus des recoins surprenants ça y est nous sommes dehors Roseline sait « tout » désormais d'ailleurs elle me dit qu'elle est contente de connaître les détails elle m'avoue au passage qu'elle m'en aurait voulu toute sa vie si jamais si jamais comment dire l'histoire s'était mal terminée bien qu'elle sache que j'ai tout fait pour sauver Ève que j'ai sauté à l'eau que j'ai risqué ma vie pour sa fille mais c'est plus fort qu'elle elle est persuadée qu'elle m'en aurait voulu c'est comme ça mais bon maintenant ça ne veut plus dire grand-chose.

JEUDI
12 H 40

ÈVE REPREND peu à peu le rythme de la vie. Pas si facile de se recaler avec les horaires quand on vient de passer dix jours dans un sommeil artificiel. Le jour, la nuit, le matin, tout se mélange. Ses poumons ne montrent aucune faiblesse.

Seule anomalie : sa respiration est trop rapide. Trente-cinq inspirations par minute, la normale se situant à quinze. Rien d'inquiétant. Suite logique de la fragilité pulmonaire.

Elle peut bouger tous ses membres. Elle replie ses jambes. Elle tremble moins.

Elle a de plus en plus soif, mais doit attendre le lendemain pour pouvoir boire.

Nous discutons avec elle de son futur rapatriement vers Paris. Le transfert vers l'hôpital Necker doit avoir lieu début de semaine. Le docteur Descamp, de plus en plus optimiste, évoque une dizaine de jours d'hospitalisation, puis une période de repos à la maison, avant de pouvoir penser à réintégrer le lycée début octobre.

Un programme idyllique, impensable la semaine précédente.

Ève, d'une nature impatiente, fait des efforts pour se reposer. Elle réalise qu'elle sort d'une grande aventure, sans pour autant s'en souvenir. Pour elle, rien ne s'est vraiment passé.

Nous avons eu comme consigne de la part des médecins de dédramatiser l'accident. Éviter de prononcer les termes « arrêt cardiaque », « gravissime », « état critique ». Inutile de la faire cogiter dans son état encore fragile. Aucune urgence à lui révéler tous les détails.

VENDREDI
19 H 00

Ève respire plus sereinement. Son rythme d'inspiration tourne désormais autour de vingt par minute.

Très bonne évolution.

Comme promis, Ève peut commencer à boire et manger.

Un verre d'eau. Une compote de pommes. Ne rien précipiter.

Son « repas » est gâché par la nouvelle que lui communique Roseline : elle ne sera pas transférée vers Necker, aucune place n'étant disponible, mais vers Garches, en banlieue parisienne. Ève a un coup de blues. La perspective de se retrouver pendant une semaine loin de Paris, ne l'enchante pas du tout. Ce sera plus difficile pour que ses amies viennent la voir.

Sa réaction, tout à fait justifiée, nous réconforte. Ève n'a rien perdu de sa personnalité. Son caractère est toujours bien affirmé.

Ève se remet sur pied à vitesse grand « V », pourtant, je fonctionne toujours en mode survie. L'inquiétude fébrile couve au fond de mes artères, tel un parasite satisfait de son sort.

L'inertie de l'angoisse. La fameuse.

On s'habitue à sa compagnie.

L'angoisse.

Elle ne regagne pas sa tanière sans roder avec délectation, dans tous les recoins de l'esprit qu'elle a bombardé, patiemment, durant de longues heures, avec une précision chirurgicale.

SAMEDI
08 H 10

Ce samedi commence, comme tous les jours, par le petit-déjeuner pris dans l'entrée du *Quick Palace Hôtel*. Café au lait, tartines, confiture abricot.

Je ne téléphone plus à l'hôpital aux premières lueurs de l'aube. Inutile. J'y pense. J'hésite. Je renonce. Je progresse.

Quatre bouffées de cigarette fumées devant l'établissement. Écrasement de ladite cigarette. Direction la Renault Espace, fidèle au poste sur le parking du motel. Salut au tilleul.

Je monte en voiture.

Petit chemin avant la nationale, clignotant droit. Rond point à cent mètres. Direction Pau centre. Un kilomètre, centre Leclerc. J'achète quelques victuailles pour Ève. J'ai interrogé les infirmières, elle a droit désormais aux céréales, au jus d'orange, ainsi qu'à quelques friandises.

J'effectue ces achats avec délectation. Quel plaisir immense me procurent ces petits gestes quotidiens, ces gestes qui prennent aujourd'hui un sens nouveau...

Chose faite, je parcours les rayons, à la recherche de champagne.

Du champagne pour les médecins. Du champagne pour les héros.

Les héros. Je ne les ai pas oubliés.

Ève va mieux, beaucoup mieux, je peux me permettre un éloignement de quelques heures. Un éloignement qui va me rapprocher de ces inconnus qui ont sorti Ève du cauchemar. Ces inconnus que j'aime. Ces inconnus que je veux serrer dans mes bras. Ces inconnus qu'il me reste à remercier du fond du cœur.

SAMEDI
13 H 20

Je n'ai pas eu de détails sur l'intervention des sauveteurs.

« Ils » l'ont sortie de l'enfer, « ils » l'ont ranimée, et depuis, « ils » appellent l'hôpital pratiquement chaque jour pour prendre des nouvelles de leur protégée.

Combien sont-ils ? Qui sont-ils ? Quel âge ont-ils ? Comment ont-ils été prévenus ? Se souviennent-ils avec précision du déroulement de cette intervention, eux qui les enchaînent chaque jour ? Ces questions tournent dans ma tête au moment où je m'engage sur l'autoroute, direction la côte.

Il fait beau.

Je quitte la zone du pôle de santé pour la première fois depuis mon arrivée calamiteuse, treize jours auparavant.

Je conduis.

L'asphalte coule sous mes roues, telle une rivière figée. Un peu moins de deux semaines auparavant, je parcourais ce même chemin en sens inverse, en pleine nuit, entouré de fantômes.

Aujourd'hui, les fantômes ont regagné leur tanière.

Je conduis.

Je ne suis plus le même homme.

SAMEDI
14 H 55

J'ARRIVE À la Chambre d'Amour en plein milieu de l'après-midi, de plus en plus impatient de « les » rencontrer.

Je débarque sans aucune information en ma possession. Aucun nom. Je n'ai même pas pensé à prévenir qui que ce soit. Inconsciemment, je souhaite sans doute faire la surprise de ma visite à ces anges gardiens anonymes.

Je me gare à proximité de la digue maudite. Il fait un temps vraiment magnifique. Je respire. Je me sens presque bien.

Presque.

Je vais certainement réussir à sourire, ce qui ne m'est pratiquement pas arrivé depuis deux semaines. Cette démarche me rend heureux.

Étrange sensation. Indescriptible.

Comment mettre des mots sur tout ce qui s'est passé ? Quelles phrases construire pour raconter toutes les facettes de cette aventure humaine ? Comment décrire le sentiment qui m'habite à cet instant précis ?

Se retrouver face à des inconnus qui ont sauvé mon enfant ? Situation inimaginable. Je la vis. Je la subis. Comme tant d'autres, depuis le 11 août.

Je descends vers la plage, à gauche de la barre rocheuse. Je tente de repérer le poste de secours le plus proche des lieux de l'accident.

Marée basse. De nombreux touristes se dorent la pilule autour de moi.

Je repère un type avec un short rouge qui scrute l'horizon, entouré de jeunes prêts à aller surfer. Il ne s'agit pas d'un MNS, mais sans doute saura-t-il me renseigner.

— Bonjour, je cherche le poste de secours le plus proche d'ici.

En fait, il fait partie de l'école de surf.

— Vous en avez un au VVF, et un au Sable d'Or. C'est pour quoi ?

— Une jeune fille a eu des problèmes il y a dix jours, je suis venu remercier les gars qui l'ont sortie de l'eau.

— La petite de quinze ans ?

— Vous êtes au courant ?

— Tout le monde est au courant par ici, c'était chaud.

— Je suis le papa.

Il me toise d'un œil différent derrière ses lunettes de soleil. Il observe mes blessures qui cicatrisent à l'air libre. Mes pieds, mes jambes.

— C'étaient les gars des Sables d'Or. Vous voyez ? Vers le drapeau, là-bas, à environ deux cents mètres.

Il désigne la plage située au loin sur la droite.

— Elle va bien ?

— Très bien, merci...

Je le salue d'un geste. Je fais demi-tour, direction le drapeau, là-bas, à environ deux cents mètres. Je remonte sur le front de mer, pieds nus, mes éternelles sandales à la main.

Il fait vraiment très bon. Une journée à se lézarder la couenne au soleil. J'ai un peu chaud avec mon blouson en velours. Je sens le poids de mon sac à dos sur mes épaules. J'ai hâte d'offrir la bouteille de champagne à qui de droit.

La plage des Sables d'Or, noire de monde. Les drapeaux bleus délimitant la zone de bain. Le petit groupe de MNS réunis autour de leur mirador.

Je marche d'un pas décidé vers « eux ».

À l'évidence, je n'ai rien d'un touriste venu demander un renseignement. J'attire les regards des vacanciers environnants. Que vient faire ce type, blessé, en blouson de velours, sur la plage ? Que veut-il aux MNS ?

Les sauveteurs portent tous des lunettes de soleil.

Je m'adresse au premier d'entre eux.

— Bonjour, je suis le père de la petite Ève, que vous avez sortie de l'eau, il y a quinze jours.

Le gars marque un court instant de surprise. Inutile de donner d'autres détails. Il a compris. Il sait à quoi je fais référence.

— Voyez avec le chef de poste, le plus grand, là...

Le gars désigne son collègue de dos.

— Arnaud, je crois que c'est pour toi !

Le chef de poste se retourne vers moi, professionnel. Visage fermé du type qui répond d'un ton blasé aux questions des touristes, à longueur de saison. Short rouge, Tee-shirt marqué MNS, Raybans, sifflet autour du cou.

— Bonjour, Monsieur, je suis le papa d'Ève, je venais vous remercier.

Ma voix, un peu cassée, trahit mon émotion. Je ne vais pas pleurer quand même.

Le chef de poste, Arnaud de son prénom, change instantanément de visage, pris de court. Il enlève ses lunettes de soleil. Il me tend la main, comme fasciné. Le masque tombe. Inutile d'en dire plus, lui aussi a compris qui j'étais.

— C'est vous qui avez sauvé ma fille ?

— Oui.

Je le serre dans mes bras et l'embrasse. Le grand gaillard se laisse faire. Il a l'air aussi ému que moi, ce qui me surprend. Il appelle deux de ses amis.

— Nico ! Benjie ! Venez voir qui est là.

Les deux jeunes concernés s'approchent de nous. Tout le groupe des MNS suit la scène avec intérêt.

— C'est le père d'Ève !

— Je suis venu vous dire merci, les gars.

J'ai du mal à en dire plus. Ma gorge se noue. Heureusement, je porte des lunettes sombres. Je me retiens de pleurer. Eux aussi, j'ai l'impression.

Je serre dans mes bras, et embrasse, l'un après l'autre, Nicolas et Benjamin. Ils se laissent faire, aussi cueillis que leur chef. Effet de surprise total.

– Merci, de tout cœur, merci. Ève va bien, je tenais à venir vous l'annoncer moi-même.

Un ange passe, plein de tendresse, au milieu du groupe.

– Ça nous fait plaisir que vous soyez là. Vous avez fait la route depuis Pau pour venir nous voir ?

– Je tenais à venir vous saluer, c'est normal...

J'avoue que je suis surpris par leur fébrilité. Je ne m'attendais pas à autant d'empathie de leur part. J'ai l'impression qu'ils font partie de la famille.

– C'est vous trois qui l'avez sortie de l'eau ?

– Le premier à plonger, c'était Benjamin, le plus jeune, son baptême du feu, ensuite j'y suis allé, et Nico nous a rejoints. On n'était pas trop de trois, je vous jure !

Le dénommé Nico, un gars robuste, brun, affûté, au regard franc, trépigne de raconter.

– C'était chaud. C'est moi qui ai prévenu les collègues, on avait fini le boulot, mais j'étais toujours dans le coin à observer la mer, pour savoir si j'allais partir surfer... Je regardais les vagues quand un copain m'a appelé en me disant qu'il y avait une fille en difficulté près de la digue.

– Il nous a prévenus, on était en train de se changer au poste. On a pris le matériel et on a foncé...

Benjamin, le plus jeune, visiblement plus timide que ses collègues, reste un peu à l'écart, il sourit modestement quand Arnaud rappelle que c'est lui qui s'est jeté à l'eau le premier.

Arnaud souhaite visiblement poursuivre cette conversation dans un coin tranquille. Il m'invite à le suivre au poste de secours. Il donne des instructions au groupe de MNS pour qu'ils s'organisent pendant que les trois sauveteurs concernés par l'intervention s'absentent pour discuter avec moi.

Nous nous dirigeons vers le poste. Les trois gars trépignent autour de moi. Je ne m'attendais pas à un accueil aussi chaleureux. Arnaud me répète combien ça lui fait plaisir que je sois venu de Pau pour les remercier.

— Vous plaisantez, il fallait que je fasse ce voyage, il fallait que je vous dise combien nous vous sommes reconnaissants, la maman d'Ève et moi, de ce que vous avez fait !

Nous entrons dans leur repaire. Arnaud me propose un café que je refuse, un verre d'eau, ça ira très bien.

Ils brûlent d'impatience de me raconter le sauvetage. Je n'ai pas besoin de poser de questions. À l'évidence, cette intervention les a profondément marqués. Nicolas prend la parole d'une voix pleine d'énergie. Il raconte comment tout s'est joué à la seconde près.

Ils revivent la scène avec passion.

— Il était 19 heures 15 environ, on avait fini la journée, je traînais sur le bord de mer, j'inspectais les vagues, j'avais envie de sortir ma planche. Mon portable a sonné, un copain qui m'appelle pour me dire qu'y'a une fille qui a l'air en difficulté vers la digue. J'appelle tout de suite Arnaud tout en fonçant vers le poste pour prendre le matériel.

Arnaud enchaîne.

— On était en train de se doucher pour rentrer chez nous quand on a eu l'appel. On a foncé vers la plage. À cet endroit, on ne pouvait pas utiliser le filin, la petite était trop près des rochers. C'est Benjamin qui a plongé le premier vers elle...

Le plus jeune des trois MNS se met lui aussi à parler.

— Je suis arrivé sur elle, elle avait les bras en croix, le visage dans l'eau, je l'ai agrippée, je l'ai redressée, elle était en train de couler, à dix secondes près, on arrivait trop tard, elle aurait disparu dans les remous...

— On s'est mis à trois pour la maintenir à la surface, ça cartonnait, y'avait des vagues de deux mètres, et de ce côté-là de la jetée, c'est le pire...

Benjamin rajoute :

— À un moment, je vous ai vu sortir de l'eau, au bout de la digue, j'ai pas compris, on ne nous avait pas dit que vous aviez plongé au bout de la barre.

— Vous avez essayé de la sortir par les rochers ?

Je réponds en soupirant :

— Oui, mais j'ai pas réussi, c'était trop dur...

Arnaud confirme.

— Tout seul, sans palmes, là-bas, c'était impossible. Déjà, nous, à trois, on a eu du mal. C'était très, très violent, ce jour-là.

Je me rends compte qu'un lien nous unit. Nous avons mené un combat commun contre les éléments, un combat pour sauver Ève.

Nicolas reprend la parole.

– On s'est relayé pour la tenir, on a rarement vu un courant aussi fort.

– À un moment, on a été tirés vers le fond, putain, je l'ai pas lâchée, je la tenais par le poignet, je l'ai remontée. Je vais vous dire : pour la première fois, j'ai eu peur pour moi. Mais je me suis vite repris, fallait se battre pour elle...

– On a commencé à l'insuffler dans l'eau, elle était déjà en arrêt respiratoire. On l'a sortie sur le sable, son cœur s'était arrêté, on a commencé à la masser...

– Elle était bleue, comme la poubelle, là...

Arnaud désigne le couvercle de leur poubelle, un couvercle bleu ciel. Nicolas revit la scène, passionné.

– Je massais, je massais, je voyais qu'elle avait dans les quinze ans, comme ma cousine, je me disais : « Faut qu'elle revienne » ! « Allez, reviens » ! Les pompiers sont arrivés, et quand ils l'ont vue, ils étaient négatifs, ils nous ont dit que ça servait plus à rien. Eux, ils auraient laissé tomber ! J'ai continué, et à un moment, au bout d'une ou deux minutes, le cœur est reparti. Un beau pouls, bien net...

– Il a juste fallu une seule injection d'adrénaline. Quand le cœur s'est remis à battre, on s'est dit « OK », elle est revenue...

Les larmes me montent aux yeux. Je suis profondément touché par l'implication de ces trois garçons.

— Il manque le quatrième gars, celui qui est arrivé avec l'oxygène, il a fait les deux cents mètres qui séparent le poste de la digue en quatrième vitesse, avec tout le matos !

Comment il s'appelle ?

— Emeric. Il est de repos.

Je les embrasse à nouveau. Il règne dans cette petite baraque une atmosphère d'intimité fraternelle. J'ai devant moi des jeunes gens admirables. Admirables de générosité, de dévouement, d'humanité.

Je sors la bouteille de champagne que je tends au chef de poste.

— Je vous ai ramené ça. Vous la boirez à la santé de votre protégée.

— Merci, il ne fallait pas !

Ils apprécient le geste, ça ne fait aucun doute.

— C'est moi qui vous remercie, je vous suis reconnaissant à jamais.

— Vous savez, tout s'est joué à rien. On plongeait dix secondes plus tard, et on la perdait.

Des frissons me parcourent l'échine.

— On a claqué la porte de l'ambulance du Samu vers 20 heures 30, ça a duré longtemps tout ça...

— Vous ne vous souvenez pas ? Y'avait un monde fou sur la plage !

— Ah bon ?

— Au moins mille personnes.

Je fais une grimace.

— J'ai pas fait attention, j'étais un peu choqué.

— Vous avez été blessé.

— Oui, un peu partout.

— Ce sont des rasoirs, ces rochers, mortels.

— Après, on est restés tous ensemble un moment dans le poste, pour décompresser.

— D'ailleurs, on ne s'est pas quittés de la soirée, tous les trois...

— On ne voulait pas laisser Benjamin tout seul, c'était dur quand même... Sa première grosse intervention...

Nicolas et Arnaud donnent une tape amicale dans le dos du tout jeune homme qui sourit modestement.

— Dites, vous pensez qu'on pourra venir voir Ève ?

Implication totale.

— Évidemment, faut s'organiser, on va peut-être la rapatrier sur Paris mardi, ou mercredi...

— On a besoin de la voir, on veut s'enlever de la tête la dernière image qu'on a eue d'elle...

— Allongée sur le sable, dans un sale état...

— Vous venez quand vous voulez, ça m'étonnerait que les médecins s'y opposent. Normalement, les visites se font soit à 12 heures 30, soit à 17 heures, soit à 19 heures, tant qu'elle est toujours en réanimation.

Arnaud se penche vers le planning. Leur motivation pour voir Ève me surprend. Une bonne surprise. Beaucoup d'humanité dans tout ça.

Le mot surprise n'est pas un vain mot chez moi. J'ai tendance à anticiper les situations, à imaginer les scènes à venir. Je suis rarement surpris. Et ces garçons me surprennent.

— On pourrait peut-être caler ça pour lundi soir, on peut s'arranger avec nos temps de repos.

Je suis de plus en plus admiratif. Ces jeunes gars l'ont sortie de l'eau, et maintenant, ils brûlent de se retrouver face à cette vie sauvée. Ils sont prêts à sacrifier un précieux jour de congé pour ça. J'ai l'impression qu'ils iraient au bout du monde pour Ève, cette inconnue qui leur doit la vie.

— Ça serait bien...

— Elle se souvient de quelque chose ?

— Rien, black-out total, elle se rappelle être allée chez Mac Do à midi, ensuite, le trou noir.

— Elle arrive à parler ?

— Doucement, elle chuchote. Je vais demander aux docteurs qu'on arrange votre venue, et voir avec Ève ce qu'elle en pense.

— Si elle est d'accord, nous, ça nous ferait plaisir !

Nous échangeons nos numéros de portable avec Arnaud.

Avant de nous quitter, il me glisse d'un ton solennel.

— Vous savez, sur toutes les noyades de niveau quatre qu'on a eues cette année sur la côte basque, et sans doute même sur toutes les côtes de France, Ève est la seule à être revenue...

Cette information me glace le sang rétrospectivement. J'arrive tout de même à répondre.

– Je vais résumer tout ça à Ève, et je vous appelle. Je pense qu'elle sera contente de rencontrer ses trois anges gardiens.

Je salue chaleureusement mes trois héros avant de repartir vers Pau.

Leurs parents peuvent être fiers d'eux.

SAMEDI
16 H 15
Autoroute Bayonne – Pau

Je conduis l'esprit serein. Mes pensées flottent entre les strato-cumulus qui voilent le ciel. Le bleu de l'azur. Le gris de l'autoroute.

Dix jours auparavant, j'effectuais ce même trajet de nuit, détruit, blessé, anéanti, tétanisé par le destin impitoyable. Dix jours auparavant, je roulais vers l'inconnu terrifiant. Dix jours auparavant, je criais mon amour pour ma fille, seul dans l'habitacle de mon Renault Espace.

Benjamin, Nicolas, Arnaud. Divine rencontre. Trois gamins tombés du ciel. Trois enfants des arbres.

Les premiers maillons d'une chaîne de solidarité extraordinaire qui s'est créée autour de notre malheur. Tous les acteurs entraînés dans cette aventure ont fait preuve d'une implication, d'un dévouement, d'une motivation hors normes. Sauveteurs, personnel hospitalier, docteurs, famille, amis, chacun soutenant Ève à bout de bras, selon ses moyens. Un élan d'humanité, de talent, de patience, d'espoir, d'amour.

Je réalise également l'exploit accompli par ma fille. Double exploit. Celui d'avoir tenu aussi longtemps toute seule dans les flots tumultueux, sans doute plus de dix minutes de lutte angoissante contre l'océan. Celui du retour à la vie. Son énergie, sa soif de vaincre, son courage inébranlable, sa force intérieure.

La chance a-t-elle sa place dans ce puzzle ?

S'agit-il d'un concours de circonstance à l'issue favorable ?

Personne ne connaîtra jamais les coulisses insondables du destin.

SAMEDI
18 H 05

ME VOILÀ RENDU à Pau. Juste à temps pour rejoindre Roseline devant l'hôpital François Mitterrand, pour la dernière visite du soir. Je lui résume ma rencontre avec les sauveurs de notre enfant. Leur émotion. Leur implication. Leur gentillesse. Leur besoin vital de voir Ève.

Trois mecs sains, dévoués, téméraires.

Trois types pourtant si jeunes. Trois gars bien. Simplement bien.

J'avoue à Roseline que cette scène fût bouleversante pour chacun de nous.

Tout en nous dirigeant vers le service réanimation, niveau « -1 », chambre 14, je détaille leur âge, leur soif de se confier. J'insiste sur leur émotion intense à l'évocation de tous ces souvenirs encore si tenaces dans leurs esprits.

Nous rejoignons Ève dans sa chambre.

Je n'ai pas besoin d'aborder le sujet, elle me questionne immédiatement.

— Alors ? Tu as vu les MNS ?

Je lui résume mon après-midi, concentrant mon récit sur la personnalité des trois sauveteurs, sur leur esprit de sacrifice, leur énergie déployée. Je conclus par leur désir de rencontrer leur protégée. Elle me répond sans réfléchir une seule seconde :

– Bien sûr que j'ai envie de les voir, ils peuvent venir quand ?

– Ils doivent s'arranger avec leur planning, peut-être qu'ils pourront lundi, ou mardi, avant ton rapatriement.

– Ils sont comment ?

Je suis aussi excité qu'Ève.

– Le plus jeune, celui qui a plongé le premier, a tout juste dix-huit ans, c'est Benjamin. Le deuxième, c'est le chef de poste, Arnaud, et le troisième, c'est Nicolas. Ils étaient vraiment contents que je vienne les remercier.

– Faut absolument que je les vois avant de repartir.

– On va s'arranger. Ils terminent le boulot à 19 heures, d'ailleurs je vais demander au docteur s'ils peuvent venir te voir un peu après 20 heures, le temps qu'ils arrivent de Biarritz.

Le règlement stipule que seules deux personnes ont accès à l'unité réanimation, et pendant des horaires précis, mais il s'agit là d'une visite exceptionnelle, j'anticipe la réponse des toubibs. Ils seront d'accord.

Aussi tôt dit, aussitôt fait. Je laisse Ève et Roseline en tête à tête. Je sors de la chambre. Coup de chance, je tombe face à face avec le docteur Descamp. Je l'informe de ma visite à Anglet, et sollicite son accord pour la visite des trois sauveteurs à une heure qui pourrait dépasser les limites prévues.

Le docteur Descamp sourit.

— Évidemment, ils viennent quand ils veulent. Je comprends qu'ils aient besoin de la voir.

— Merci, docteur.

Je tiens à rappeler les gars avant leur fin de journée, pendant qu'ils sont toujours tous les trois, histoire qu'ils s'organisent au mieux, ensemble. Je retourne au vestiaire, je rallume mon portable, je compose le numéro d'Arnaud.

Messagerie.

— C'est le papa d'Ève, je viens de lui demander pour votre visite, elle a hâte de vous remercier de vive voix, tous les trois. En fait, vous venez quand vous voulez, j'ai l'accord du médecin. Vous pouvez arriver après 20 heures, on vous attendra. Par exemple, si demain ça vous arrange, vous pouvez venir. Voilà, voyez entre vous, en tout cas, merci encore, et j'espère vous recroiser avant de repartir vers Paris. Bonne fin de journée.

Je raccroche.

Je retourne vers l'unité Est. Je croise une infirmière familière. Je ne peux pas résister à l'envie de lui faire partager mon enthousiasme d'avoir identifié ces maîtres nageurs qui appelaient quasi quotidiennement le service pour suivre l'évolution de l'état de santé d'Ève. Elle m'écoute, le sourire aux lèvres. Je me répète, décrivant leur courage lors de l'intervention, leur fidélité envers leur protégée. Je ne m'égare pas en digression inutile.

Elle conclut notre échange par un souhait sincère :

— J'espère que je serai là quand ils vont venir.

Elle vaque à ses obligations pendant que je rejoins Ève et Roseline chambre 14. Je les informe de l'accord obtenu auprès du docteur Descamp.

— Ils peuvent venir quand ils veulent.

Ève fatigue en cette fin de journée.

Nous la laissons en compagnie de la télé, zapette en main, prête à s'endormir devant une ineptie quelconque.

Nous logeons au *Quick Palace Hôtel* depuis treize jours.

Je suis fasciné par notre aptitude à nous habituer à toutes les circonstances. J'ai l'impression qu'on traîne dans les environs depuis six mois.

Les nuits agitées, l'avenir plus qu'incertain, la solitude nécessaire, les petits-déjeuners pris vers 7 heures, les coups de fil passés chaque matin pour savoir comment s'est passée la nuit, l'attente de la première visite, le trajet pour se rendre à l'hôpital, la même place de parking, la connexion constante avec Ève, le salut respectueux au tilleul, le temps qui ne passe plus normalement, l'entrée du pôle de santé, le couloir à gauche, l'ascenseur, l'interphone pour signaler notre arrivée, l'attente qu'on nous autorise à entrer, le vestiaire pour les familles, l'angoisse permanente, le rituel pour se préparer, la désinfection des mains, la blouse stérile bleue, les petits chaussons en plastique, le couloir, la peur incontrôlable, les portes automatiques, l'unité Est, le briefing du toubib de garde, les infirmières, la chambres 14, notre enfant luttant sur son lit, son visage si beau, notre soutien indéfectible, permanent, épuisant, nos relais auprès d'elle, le matériel de pointe tout autour, les protocoles, les médicaments, les chiffres, les bilans, les risques, les progrès, les infections, les mots clefs, la vie qui résiste, les sons, les alertes, les diodes, l'atmosphère paisiblement étouffante, l'avenir sans lendemain, la lente progression pourtant si rapide, nos pleurs, nos déprimes, nos soulagements toujours inquiets, nos questions, notre solidarité, l'entière confiance en cette équipe médicale, notre attachement à ce médecin plutôt qu'à son confrère moins délicat, la bonté des infirmières, le soulagement qui ne vient jamais, la fin des visites, le retour vers le vestiaire, le couloir, l'échange d'impressions, l'analyse des informations médicales, les tenues stériles bleues mises à la poubelle, l'ascenseur, l'autre couloir, la sortie, la cigarette allumée fébrilement devant les portes vitrées, la boule dans le ventre, l'avenir qui se borne au présent, la fatigue intense, la marche vers la voiture, le tilleul, le retour vers l'hôtel, les repas sans appétit, les rapports quotidiens faits aux proches, les SMS de soutien, les tentatives vaines pour réfléchir droit, l'espoir, les arbres tout autour, le mois d'août pourri, les heures d'attente, l'éternité, les JO de Pékin qui bercent nos souffrances, les souvenirs, la solitude indispensable, la peur panique du coup de téléphone fatidique, les heures gagnées, la pluie, mon boitillement, la chambre d'hôtel, le petit cachet de lexomil du soir, la gestion difficile de la situation, l'impression de devenir fou, l'envie de m'écrouler, les jours qui déclinent, le tunnel sans fin, le besoin de rien, l'envol des sentiments, l'inertie de l'angoisse.

On s'habitue à tout. Même au pire.

SAMEDI
21 H 30

Je fais le point avec Roseline.

A priori, le rapatriement d'Ève reste programmé pour mercredi. Destination à confirmer. L'hôpital Necker, revenu dans la course, ou l'hôpital de Garches.

Je demande à Roseline si je peux envisager de prendre la route pour Gien lundi après-midi, après la première visite.

L'état de santé d'Ève s'améliore de jour en jour, Anna a besoin de moi à la maison, j'ai sept cents kilomètres à parcourir, la pression est retombée d'un cran, bref, tout indique que le jour du retour au bercail se profile.

Roseline me rassure, elle peut sans soucis passer un jour et demi seule avec Ève. L'hôpital se situe à proximité de l'hôtel, la voiture ne lui fera pas trop défaut. Nous tombons rapidement d'accord, je pars lundi.

Je prévois de rester à Gien jusqu'à mercredi matin, jour où je prendrai le train pour Paris afin d'être là pour leur arrivée.

Si jamais, pour une raison X ou Y, le transfert se voit différé, un de nous deux doit de toute façon être présent à Paris pour le retour breton de Betty, prévu mercredi ou jeudi.

OK. C'est décidé. Je pars lundi.

Ce samedi 23 août se meurt devant la rediffusion sur Eurosport de la dernière journée des JO. L'équipe de handball masculine apporte à notre beau pays son ultime médaille en métal jaune. Ils battent haut la main l'Islande en finale.

C'est étrange.

Les JO ont accompagné le rétablissement d'Ève.

Ils se terminent en fanfare, comme pour saluer son retour. Les épreuves olympiques ont soutenu la nôtre. Quinze jours d'efforts, de larmes, de sueur, de peur, d'exploits, de surprises, d'impatience, de performances, de crampes, de blessures, de grâce, d'épuisement, d'insomnie, de tortures mentales et physiques.

Je m'endors comme une masse, plongé dans un sommeil chimique sans rêve.

Un samedi soir sur la terre.

Un samedi soir à Pau.

DIMANCHE
07 H 45

Je me lève sans me méfier.

Je me sens un peu plus léger chaque jour.

Une légèreté de surface.

Je ne m'en rends pas compte, mais je suis fragile, friable comme du sable séché.

Soluble dans l'angoisse.

Pour preuve, ma réaction au premier coup de téléphone de la journée.

La sonnerie de mon vieux Nokia retentit tandis que je termine mon petit-déjeuner. J'attrape mon portable. Je décroche paisiblement. Je ne me méfie plus. Une voix inconnue résonne au bout du fil :

– C'est l'hôpital, j'appelle pour votre fille...

Je me redresse d'un coup, le souffle court, le cœur battant la chamade. Peur panique réflexe. Retour case départ de l'horreur.

C'est l'hôpital.

Que se passe-t-il ?

Jamais je n'ai oublié la recommandation que m'avait faite le docteur Descamp la première nuit, la nuit du cauchemar. Cette nuit où la vie d'Ève ne tenait qu'à un souffle précaire, un faible soupir...

« Laissez votre portable allumé, il est possible qu'on vous appelle cette nuit. » Cette phrase traumatisante reste gravée pour l'éternité dans ma mémoire. Laissez votre portable allumé, il est possible qu'on vous appelle cette nuit. Pendant de longs jours, pendant de longues nuits, pendant de longues heures, la sonnerie du téléphone est devenue mon pire ennemi. Laissez votre portable allumé, il est possible qu'on vous appelle cette nuit.

Pourquoi l'hôpital cherche-t-il à me joindre, là, maintenant ?

L'inconnu comprend que j'ai démarré au quart de tour sur le circuit de la peur. En pôle position. Il me rassure sans tarder.

– *Ne vous inquiétez pas, rien de grave, au contraire, je vous appelle pour vous prévenir qu'on change votre fille de service, elle passe en post-réa.*

Je respire. La mer terrorisante se retire.

Putain d'inertie de l'angoisse. Pas prête à retomber.

– Ça se trouve où ?

– *Vous allez au même endroit, sauf que vous ne prenez pas le grand couloir, le service post-réanimation se trouve à côté du vestiaire visiteurs.*

– Les horaires de visite sont les mêmes ?

– *Non, il y a moins de contraintes. Les visites peuvent se faire en continu de 12 heures 30 à 20 heures, et ne se limitent pas à deux personnes à chaque fois.*

– D'accord. Merci.

Je raccroche en me remettant doucement de mes émotions.

Merde, je suis vraiment à fleur de peau.

Je réalise qu'il s'agit là du seul et unique coup de téléphone reçu de la part de l'hôpital depuis notre arrivée, 14 jours auparavant.

Ouf.

J'informe sans tarder Roseline de cette bonne nouvelle.

Soulagement des parents. Notre enfant vient de sortir de l'unité de réanimation.

La chambre 14 devient un souvenir.

Concrètement, ça veut dire qu'Ève est dorénavant totalement réanimée, revenue à elle, réveillée, de retour parmi nous.

La matinée coule sans bruit, souriante. Le ciel s'ouvre au-dessus de nos têtes. J'appelle Pierre, mon frère, pour lui apprendre le transfert. Il est heureux d'entendre ça. Il me propose de venir saluer Ève dans l'après-midi, en compagnie de Charlie. Je l'encourage dans cette voie. Ève sera contente de cette visite. Le tonton et la copine qu'elle connaît depuis des années. Pierre doit arriver vers 14 heures.

Je raccroche, et m'aperçois qu'il est bientôt temps d'aller à l'hôpital, d'ailleurs Roseline m'attend déjà près de la voiture, sur le parking de l'hôtel.

Pendant le trajet, nous savourons le fait qu'Ève ait été changée de service.

À peine arrivé sur le parking, je me précipite vers mon fidèle compagnon feuillu, pendant que Roseline me laisse pudiquement exécuter mon rite.

Au fil des jours, Roseline a sans doute cru, elle aussi, en la protection de mon arbre. Elle, si cartésienne, a bien vu que ma foi dans les arbres portait ses fruits. D'ailleurs, une fois ou deux, j'allais oublier de saluer mon ami vert, et elle n'a pas manqué de me le rappeler :

– T'as pas été voir ton tilleul.

Mon tilleul. Mon arbre. Mon ami. Je l'embrasse, je l'étreins, je le remercie, je caresse son bois. Je lève les yeux vers sa cime. Ses branches partent en tous sens, ses feuilles frétillent au vent, ses mille couleurs m'hypnotisent, son oxygène m'enivre.

Je reçois un second coup de téléphone, tout aussi porteur d'ondes positives que le premier. Je reconnais la voix déjà familière d'Arnaud, le chef des anges gardiens.

– C'est Arnaud, du poste de secours des Sables d'Or. Je vous rappelle parce qu'on a réfléchi, et on s'est arrangé entre nous, tous les trois, pour finir plus tôt. On peut venir ce soir voir Ève, si c'est possible.

– Sans problème Arnaud, venez quand vous voulez, surtout qu'elle vient d'être transférée en post-réa, les horaires sont moins réglementés qu'en réanimation.

– On quitte le boulot vers 17 heures, le temps de se préparer et de faire la route, on sera à Pau vers 18 heures 30, 19 heures.

– Prenez votre temps, on vous attend. Ève a hâte de connaître ses sauveurs. Comme la maman d'ailleurs !

Je raccroche, me tournant vers Roseline qui n'a rien perdu de la conversation.

– Ils viennent ce soir.

— J'ai entendu.
— Ils sont motivés.
— Ils ont besoin de la voir, je les comprends.

Moi aussi je les comprends, mais je reste surpris par l'urgence de leur démarche. Ils sont mus par la nécessité impérieuse d'effacer de leur esprit le visage d'Ève à l'agonie, sur la plage. Ils doivent la regarder, lui parler, écouter sa voix.

Nous entrons dans l'hôpital, couloir à gauche, ascenseur, niveau « -1 », service réanimation.

Mais aujourd'hui est un grand jour. Un jour différent, nouveau, inhabituel. Une fois nos affaires déposées au vestiaire, nous ne sommes pas obligés de passer la blouse stérile bleue, ni les chaussons en plastique. Nous ne prenons pas le second couloir. Nous ne franchissons pas les portes automatiques. Nous n'entrons pas dans la chambre 14.

Non.

Aujourd'hui, nous nous dirigeons directement sur la droite après le vestiaire. Service post-réanimation.

Ève occupe la première chambre à gauche. Une chambre individuelle avec télévision. Elle se plaint dès notre arrivée de ne pas avoir de télécommande. Clouée au lit, la télécommande devient un objet indispensable pour passer le temps.

Une infirmière lui a promis d'en dégoter une, mais Ève s'impatiente. Sa mauvaise humeur nous rassure. Elle râle, c'est bon signe. Je la préviens de l'arrivée imminente de Pierre et Charlie, mais aussi de la visite des MNS, en soirée. Ève accueille l'information avec le sourire, ces visites vont la distraire. Surtout celle des sauveteurs, qu'elle est très curieuse de rencontrer. Ça va la changer des visites de ses parents qu'elle voit tout le temps depuis son réveil.

Elle nous raconte ses progrès, son appétit qui revient, son envie de se lever au plus vite, bien qu'elle se fatigue rapidement.

– J'ai même droit à un Mac Do.

– T'es sûre ? Déjà ?

– C'est une des infirmières qui me l'a dit.

– C'est pas un peu gras ? Tu t'es remise à manger seulement depuis deux/trois jours, c'est peut-être un peu tôt quand même.

– Papa, demande à l'infirmière si tu ne me crois pas !

Je regarde Ève avec admiration. Quel rétablissement ! Je sens qu'elle me baratine. Quelle importance ?

Elle est de retour.

Sa voix, encore faible la veille, est plus posée, plus sonore. Son timbre revient, remplaçant le chuchotement. Ses gestes se révèlent plus précis, moins approximatifs. Elle se tient de mieux en mieux assise sur son lit. Ses muscles retrouvent peu à peu leur vigueur.

Insensé, impensable.

Je peux lire la surprise dans le regard des médecins. Ils n'en reviennent pas. Jamais ils n'auraient osé parier le moindre centime sur ce scénario idéal. Elle revient de tellement loin, d'un tel enfer, accrochée à la vie par un soupir si ténu, coincée dans un tunnel si étroit...

Ça, c'était le premier jour...

Et puis...

Et puis...

Par la grâce des arbres...

Au deuxième jour, le soupir s'est mué en souffle...

Au troisième jour, Ève est devenue transportable jusqu'au scanner. Pas de trace de commotion cérébrale...

Au quatrième jour, l'infection pulmonaire a été immédiatement décelée...

Au cinquième jour, l'oxygénation d'Ève restait stable à 100 %, et ce malgré la pneumonie.

Au sixième jour, les antibiotiques cernaient la maladie. Ève entamait son réveil.

Au septième jour, la radio des poumons montrait un recul de l'infection. Ève revenait à elle par à-coups, et commençait à communiquer avec nous en nous serrant la main.

Au huitième jour, le respirateur artificiel était débranché. Ève respirait seule.

Au neuvième jour, le docteur Descamp extubait notre fille, la libérant de toute assistance respiratoire, et lui permettant de chuchoter ses premiers mots.

Au dixième jour, les radios de la nuque se révélaient normales. Ève zappait seule à l'aide de la télécommande.

Au onzième jour, Ève commençait à pouvoir boire et manger.

Au douzième jour, aidée par la kiné respiratoire, sa toux diminuait.

Et nous voilà rendu au treizième jour, date de son transfert en post-réanimation. Ève peut pratiquement se lever...

Quelle battante. Quelle leçon de courage. Quelle énergie exceptionnelle.

Même la maman et moi, nous sommes quelque part dépassés par la capacité d'Ève à guérir aussi vite. Nous avions imaginé nombres de scénarios catastrophes, depuis l'issue fatale, jusqu'aux séquelles diverses et variées. La longue hospitalisation possible. Les dégâts neurologiques. Les effets dévastateurs sur la mémoire, le langage, la motricité. Nous nous étions préparés à un long combat. Nous nous sommes blindés pour affronter cette lutte de longue haleine, tels deux soldats prenant la route pour la guerre de cent ans.

Et voilà qu'en à peine deux semaines, Ève respire, regarde, parle, réfléchit, se souvient, nous reconnaît, mange, boit, zappe, râle, s'impatiente, ment, et va pouvoir être transférée.

Un conte de fées.

Un conte de fées dans lequel nous, ses parents, on a l'air con avec notre équipement conçu pour le combat rapproché, le corps à corps, la guérilla urbaine. Armure, bouclier, baïonnette, masque à gaz, rangers. La tenue devient totalement inadaptée. Fin de la mobilisation générale. Nous devons retourner à la caserne.

Nous devons redevenir des civils en temps de paix.

DIMANCHE
14 H 10

Pierre et Charlie, comme prévu, arrivent à Pau en début d'après-midi, heureux de rendre visite à Ève.

Nous laissons Charlie seule avec elle. Discussion entre jeunes filles. J'emmène mon frère boire un coca devant l'hôpital. Il commence à se détendre, à pouvoir profiter de ses vacances. Je le remercie une nouvelle fois pour son soutien. Il a su rester calme, rassurant, solidaire, généreux. Un vrai frère.

Leur visite dure une paire d'heures.

En sortant, Charlie m'avoue qu'elle est contente d'avoir retrouvé Ève en aussi bonne forme.

Ils repartent soulagés, l'esprit tranquille.

DIMANCHE
19 H00

Nous retournons auprès d'Ève. Elle dort à poings fermés, épuisée par cette journée riche en émotions. Qu'elle se repose jusqu'à l'arrivée des MNS. Nous ressortons fumer une cigarette, laissant notre enfant se reposer en attendant les sauveteurs.

19 H 30. Toujours pas de MNS en vue. Roseline remonte voir Ève. Je reste devant l'entrée de l'hôpital pour ne pas rater nos trois amis. Je trépigne.

Ils ne tardent pas. Je reconnais leurs trois silhouettes qui s'avancent nonchalamment vers moi. Ils me sourient. On se fait la bise.

Ève les attend, impatiente. Je leur montre le chemin tout en leur demandant d'être délicats, attentionnés, dans leurs futures réponses. Ève va forcément leur poser des questions sur le sauvetage. Elle ne se souvient pas du tout de la scène. Pour le moment, les docteurs préfèrent dédramatiser. Elle est encore fragile, inutile d'insister sur l'arrêt cardiaque, sur l'état de noyade gravissime, sur les chances de survie.

Pas de problèmes, ils comprennent, ils vont faire attention.

Couloir. Ascenseur. Niveau « -1 ». Post-réanimation.

Je me sens comme un gamin qui va offrir un cadeau. Aussi excité. Mes compagnons de leur côté ont le trac, ça se lit sur leurs visages.

Nous croisons d'abord Roseline dans le couloir. Elle salue chaleureusement les trois héros, elle les félicite. Ils dodelinent modestement.

Je les conduis enfin face à Ève, qui les accueille avec un sourire désarmant. Une émotion très particulière emplit la chambre. Les trois gaillards ont l'air de trois enfants, timides, impressionnés. De son côté, Ève reste fidèle à elle-même, la classe.

— Ève, je te présente tes trois anges gardiens, Arnaud, Nicolas, et Benjamin.

Après un instant de flottement, Nicolas se tourne vers moi.

— On peut lui faire la bise ? J'ai vraiment envie de l'embrasser...

Touchante demande d'autorisation.

— Demandez à Ève...

Elle sourit.

— Bien sûr !

Chacun leur tour, ils se penchent doucement vers Ève.

— Merci de m'avoir sauvée...

Un ange passe. Pudique. Ils se reculent ensuite au pied du lit, très émus. Ils regardent Ève comme s'ils venaient de découvrir un trésor, une terre inconnue.

– Ça me fait vraiment bizarre de te voir comme ça !

– La dernière fois qu'on t'a vue, tu n'étais pas très bien.

– On t'a amené quelque chose...

Le jeune Benjamin garde les bras croisés, immobile, fixant Ève de ses grands yeux marron. Il déglutit, retenant ses larmes. Il doit penser : « C'est merveilleux, elle est là, c'est moi qui l'ai sauvée. C'est moi qui l'ai sauvée. »

Les garçons lui tendent fébrilement un paquet cadeau qu'Ève ouvre en les remerciant encore.

– C'est des macarons, j'espère que tu aimes ça !

– Pas trop, mais ça ne fait rien...

Roseline, dans un réflexe, intervient, outrée que sa fille soit vraiment redevenue elle-même. Ces trois garçons lui offrent des friandises, elle pourrait faire l'effort de mentir pour faire plaisir et dire qu'elle adore ça !

– Ève, quand même !

Je prends la boîte.

– C'est pas grave, ça plaira à d'autres gourmands et aux infirmières.

Ève se rattrape :

– C'est gentil, merci, j'en mangerai, au chocolat, j'aime bien.

J'entraîne Roseline hors de la chambre.

– On va vous laisser un peu discuter, vous avez sans doute des choses à vous raconter.

Nous sortons de la pièce. Roseline râle à propos de la réaction d'Ève.

— Qu'elle est mal élevée quand même.

— C'est rien. Ils sont émouvants, non ?

— Si. Ils sont tellement jeunes ! D'ailleurs, ça me fait bizarre de laisser ma fille seule avec trois hommes !

— Surtout des beaux mecs comme ça !

Nous nous éloignons vers la salle d'attente. Roseline fébrilise.

— On ne va pas les laisser longtemps, qu'est-ce qu'ils vont se dire ?

— À mon avis, ils ont plein de choses à se raconter.

— Dans cinq minutes, j'y retourne.

Nous attendons sagement que les cinq minutes s'égrainent avant de retourner discrètement vers la chambre. Nous constatons par la porte vitrée que les trois héros discutent avec passion avec Ève, à grand renfort de gestes, de mimiques, de sourires.

Les cinq minutes se transforment en une demi-heure, au terme de laquelle Roseline, n'y tenant plus, décide de rejoindre le groupe.

La discussion en cours continue. Arnaud rend hommage à leur quatrième camarade, un certain Emeric, absent des retrouvailles.

— Il n'a pas plongé, mais il a ramené l'oxygène en quatrième vitesse.

— Il est d'abord arrivé sur la plage sans le matériel, alors je lui ai crié : « L'oxygène, magne ! », et là, il n'a jamais couru aussi vite de sa vie, il a fait l'aller-retour avec la bouteille en une minute, y'a quand même plus de deux cents mètres !

— Lui aussi pense à toi...

— Vous l'embrasserez de ma part.

Je lance une question aux trois mousquetaires.

— Vous avez quel âge ?

Ils me répondent sans hésiter. Vingt-sept ans pour Arnaud, vingt-deux pour Nicolas, dix-huit pour Benjamin.

Ève ne peut retenir une réflexion en entendant l'âge de Benjamin :

— À peine deux ans de plus que moi !

— C'est notre petit...

— Il est tout jeunot, mais ça ne l'empêche pas d'assurer !

Roseline ose une question à son tour.

— Et vous faites ce travail à l'année ?

Arnaud reprend la parole.

— Non, je suis pompier à Paris, je vais passer le concours pour être officier.

Il se tourne vers Benjamin.

— Moi je commence des études d'ingénieur à Bayonne.

Nicolas conclut le tour d'horizon.

— Je fais mon droit à Bordeaux.

Trois jeunes gens sérieux, carrés, sains. Ève peut être fière de ses trois anges gardiens.

— J'espère qu'on se reverra l'année prochaine, je viendrai me baigner sur votre plage.

— On devrait tous se retrouver à Anglet pour la saison.

— On ne te quittera pas des yeux !

— Je resterai bien entre les drapeaux, cette fois.

Ève commence à fatiguer, le moment du départ approche. Les trois maîtres nageurs font la bise à leur protégée.

Ève nous rappelle qu'elle attend ses Chicken Dips et sa salade *made in* Mac Do, menu autorisé par les infirmières. Pas le cheeseburger.

DIMANCHE
20 H 30

En ressortant de l'hôpital, j'invite les trois garçons pour un dîner improvisé. Ils refusent poliment, ils sont déjà attendus par la mère d'Arnaud qui leur a préparé un bon gueuleton.

— Vous avez quand même le temps de boire un petit apéritif avant de reprendre la route ?

— Oui, avec plaisir.

— Par contre, nous sommes dimanche, tout est fermé dans le coin.

— Sauf Mac Do.

Roseline n'a pas tort. Va pour Mac Do, nous prendrons la commande d'Ève par la même occasion.

Voilà comment nous nous retrouvons sur la terrasse du fast-food, à trinquer dans des gobelets en plastique avec les trois gars qui ont sauvé notre fille.

Nous discutons environ un quart d'heure. De leur métier, de la saison, de l'intervention, d'Ève. Ils me donnent leurs adresses mails, que je promets de communiquer à Ève.

Des chics types, vraiment. Des chics types qui doivent reprendre la route vers Orthez où les attend la maman d'Arnaud. Nous nous saluons. Nouvelles bises. Nouvelles accolades. Nouveaux mercis.

Chacun regagne sa voiture. Chacun regagne sa vie. La nôtre va pouvoir reprendre normalement grâce à ces trois garçons. Roseline et moi, nous ne l'oublierons jamais.

Ils ont sauvé une existence. Ils ont sauvé des parents.

Ils ont sauvé une famille.

LUNDI
8 H 15

MON DERNIER petit-déj' au *Quick Palace Hôtel.*

Ma dernière matinée à Pau. Mon dernier trajet jusqu'à l'hôpital. Ma dernière visite à Ève. Mon salut final au tilleul.

Je gare ma voiture à proximité de mon compagnon. Je m'approche doucement de lui, prenant mon temps pour le dévisager. Il m'observe sans sourciller. J'ai l'impression qu'il me sourit, qu'il m'invite à venir lui dire au revoir. Je l'étreins quelques secondes.

Merci à toi, tilleul, tu as su donner ton oxygène à ma fille. Tu l'as soutenue, elle a senti ta force, elle a bénéficié de ta puissance. Merci. Merci à toi, et à tous les tiens...

J'ai vraiment l'impression que l'arbre me regarde, m'écoute, m'entend. Je lui rends son sourire. Je me penche vers le sol où je ramasse trois de ses feuilles tombées parterre. Une feuille pour Ève, une feuille pour moi, et une dernière feuille pour le reste de la famille.

Je prends une grande inspiration avant de quitter mon ami. Je ne t'oublierai jamais. Si je peux faire quelque chose pour la cause des arbres, je le ferai.

Un jour, je reviendrai te voir.

Je monte en voiture, prêt à affronter les kilomètres. Je pars l'esprit tranquille. Ève se porte bien, sa mère reste auprès d'elle pendant les prochaines quarante-huit heures. Tout va bien.

Tout va bien. Sans aucun doute. Tout va bien, mais au fond de moi, j'ai du mal à me déconnecter de ma fille, j'ai du mal à casser le fil invisible, j'ai du mal à rompre la glace.

Fin de la vigilance totale. Retour au quotidien.

OK.

Ça va me faire du bien de traverser la France. Ça va me vider la tête.

Je passe la première, laissant derrière moi l'hôpital François Mitterrand, et ses ombres fantomatiques.

LUNDI
DE 13 H 00 À 15 H 00

ÇA Y EST. Je roule. Isolé du monde. Trois semaines auparavant, j'ai pris la route des vacances en compagnie de mes deux filles, et voilà qu'aujourd'hui, je rentre seul à la maison. Personne dans l'habitacle, à part moi.

Drôles de vacances. Rien ne s'est passé comme prévu. Je roule. Isolé du monde.

Première étape. Pau-Bordeaux. Une route ignoble. La Nationale je ne sais plus combien, une Nationale aux allures de départementale. Deux cents virages au kilomètre. Ça monte, ça descend. Impossible de doubler. Il pleut. Visibilité minimale.

Je me concentre pour ne pas me planter. Je me sens tellement las. Exsangue. Batteries à plat.

Surtout qu'il y a ce putain d'essuie-glace qui essuie le pare-brise comme un sagouin, laissant des traces opaques à chaque passage.

Malgré la mauvaise humeur des éléments, je me détends. Je roule. J'évite de penser. Je fixe l'horizon bouché. Toute mon attention se concentre sur la route, délicate à aborder.

En fait, ce n'est pas plus mal qu'il pleuve, je cogite moins.

LUNDI
15 H 20

Je parviens enfin aux alentours de Bordeaux, soulagé de terminer ce trajet délétère entre Pau et la capitale de la Gironde.

Je me pose sur l'A 10 quelques kilomètres, avant de bifurquer vers l'Est. Je traverse des forêts... J'observe les arbres qui bordent les routes. Ils semblent m'indiquer le chemin.

J'ai envie d'arriver, mais en même temps, j'ai envie de faire demi-tour. Je suis peut-être parti trop tôt. Je culpabilise, j'ai laissé Roseline toute seule au chevet d'Ève...

Je m'arrête dans un petit village typique. Je les appelle. RAS. Tout va bien. Elles commencent à trouver le temps long, c'est tout. Tout va bien.

Je reprends le volant. La pluie a cessé, conduire devient un plaisir. Deux heures plus tard, le plaisir s'envole avec la fatigue.

Je conduisais doucement, pourtant, je ralentis encore. Bien m'en prend, deux minutes après mon levage de pied, un troupeau de daims surgit devant moi, à une centaine de mètres. Les bêtes disparaissent comme elles sont apparues, subrepticement, avalées par la forêt. Je me dis que si je n'avais pas ralenti, je leur serais peut-être rentré dedans.

OK.

Je me mets à rouler comme un papi. Les derniers kilomètres me semblent interminables, surtout que je me perds dans un bled dénué de panneau et de quidam pour demander son chemin.

Pas grave. Après tout, je ne suis pas pressé.

LUNDI
22 H 30

Le soir commence à tomber lorsque j'arrive chez moi. J'ai mis plus de neuf heures pour faire sept cents kilomètres.

Je gare la bagnole devant la maison. Sensation étrange à l'arrivée.

Anna, tenue au courant des événements heure par heure, m'accueille comme si de rien n'était. Ou presque.

Elle termine son dîner avec des amis. Je débarque comme un étranger... Dans une bulle...

Envie de raconter, raconter, et pourtant, je ne raconte rien. J'ai du mal à me concentrer sur une conversation. J'ai l'impression d'être possédé, qu'un virus tenace me grignote avec délectation.

On me demande les dernières nouvelles d'Ève. Je résume. Elle va mieux, elle va être rapatriée dans le courant de la semaine. J'ai du mal à dire qu'elle est totalement sortie d'affaire. J'ai envie de me tourner vers un toubib, de lui demander confirmation, elle est sortie d'affaire, n'est-ce pas, docteur ?

Pas de réponse dans la fraîcheur de la nuit. No toubibs dans le coin.

Je déconne sérieusement. J'ai fréquenté trop de toubibs, ces quinze derniers jours. Une surdose de toubibs. Une vraie drogue. Je dois me sevrer. Décrocher. Éviter l'addiction.

Je ne m'attarde pas. Aucune envie de participer à aucune conversation. Je monte me réfugier à l'étage où je m'écroule, fourbu par le voyage. Fourbu par quinze jours de paroxysme en tout genre.

J'ai l'impression de revenir du front, tel un soldat blessé, un héros cassé. J'ai fait mon boulot de papa, comme l'aurait fait n'importe quel père aimant pour son enfant. Rien de plus.

Je suis heureux de retrouver ma maison, je n'en pouvais plus là-bas. Je suis heureux de retrouver Anna, Emma, et mon fils Harry. Je suis heureux de retrouver la vie dite « normale ».

La vie en surface. La vie avec les autres. Je sens que je vais devoir passer un moment en cabine de décompression.

LUNDI
23 H 30

Je me glisse dans mon lit. Je suis seul. Je suis en vie. Je cogite malgré moi. Je me pose une question. Une question qui me paraît essentielle.

Essentielle, et en même temps secondaire. Déplacée. Cette question ne date pas d'hier. Cette question date du 11 août. Inutile de nier. Je chasse cette question de mon esprit.

Rien à faire. Elle revient invariablement à la charge. Têtue. Lancinante. Opportuniste. La question. Inévitable.

Ai-je sauvé Ève ?

Lorsque j'ai plongé, j'ai échoué dans ma tentative pour la ramener. Mais. Peut-être que cela lui a redonné des forces de sentir son père dans les flots, avec elle. Dans la même galère. Je l'ai lâchée, d'accord, mais après ?

Après mon intervention avortée, elle a réussi à s'accrocher à la surface pendant quelques minutes supplémentaires. De précieuses minutes. Suffisantes pour que les MNS la récupèrent *in extremis*...

Je me demande pourquoi cette question me hante ? Culpabilité de n'avoir pu la sortir de l'enfer seul ? Besoin de me rassurer ? Impossibilité d'interroger Ève qui ne se souvient plus de la scène ?

Ça me trouble. Je suis le seul à me souvenir. Ève a tout oublié. La seule personne à pouvoir confirmer ou infirmer. Tout oublié.

Impossible de partager les sensations féroces de ce voyage inoubliable avec mon compagnon d'infortune.

Quelle importance ? Ça change quoi ?

Rien. Je sais.

Cette question qui tournoie dans mon esprit fragilisé n'est-elle qu'un symptôme post-traumatique ? La partie émergée de l'iceberg ?

Je regarde la vérité en face. Je suis hanté par ces quelques secondes passées dans l'eau. En enfer.

Je plonge comme une fleur dans l'écume, je nage vers ma naufragée, je la rejoins, je lui parle, je la rassure, alors que je suis moi-même au bord du gouffre, étouffé par le stress, j'attrape Ève fermement par le poignet, ça y est, j'y suis, je l'ai, je la tire vers les rochers, je ne vois que ça à faire, direction les rochers, il n'y a que eau tumultueuse et rochers abruptes autour de nous, ça remue beaucoup plus que prévu, qu'à cela ne tienne, je réussis à nous diriger vers ce qui me semble constituer notre planche de salut, mais, mais, mais, tout bascule, les vagues brutales compromettent mon plan improvisé, quel jus, quels remous, quels tourbillons, quelles vagues, nous flottons dans un endroit périlleux, la houle grossit, les paquets de mer nous ballottent sans aucune pitié, ils nous projettent sur les rocs acérés,

Ève m'échappe, rien à faire, nous voilà submergés, dépassés par les événements, séparés dans les rochers froids, le jaune, le silence, la sérénité paradoxale, l'impuissance dévastatrice.

J'ai besoin de temps pour oublier tout ça.

MARDI
07 H 45

Je prends le petit-déjeuner avec mon fils. Harry.

Mon bonhomme de trois ans et demi. Mon p'tit. Un p'tit apaisant. Calme. Malicieux. Harry fixe mes jambes blessées, fasciné par ces coupures. Je lui explique que ça va, que mes plaies sont guéries, que ça cicatrise.

– C'est quoi une cicatrize ?

– Quand on se blesse, ça fait une égratignure, le sang sèche, et petit à petit, le bobo se répare tout seul, on dit que ça cicatrise. Si l'égratignure est importante, ça laissera une marque, on appelle ça une cicatrice.

Il enchaîne sur le sujet. Il me parle d'Ève. Direct. Je discute avec lui. Pas de non-dits. Je lui raconte l'accident, en prenant soin de choisir mes mots. Je sais qu'Anna lui a déjà parlé...

Il m'interrompt. Il m'interroge.

– La mer, elle t'a fait mal ? Elle a fait mal à Ève ?

– C'est ça, Harry, la mer n'était pas contente, elle était très forte, elles nous a presque fait couler...

— La vague, elle était grosse, les rochers t'ont tapé...

— Ils m'ont fait des coupures un peu partout, les rochers...

— Ça fait bobo les rochers...

— Oui, ça fait bobo, c'est dangereux, ça coupe.

— Oui, ça coupe là, là, et là... Et la tête ? T'as eu bobo à la tête ?

— Un peu, juste une bosse. Mais Ève et moi, on va bien maintenant. Tu vois, papa est revenu, et Ève aussi elle va bientôt revenir.

Un silence.

Harry change de sujet. Fin de la conversation. Il me raconte ses vacances. Il se souvient de son séjour chez mon père, au mois de juillet. Séjour où il a vu la mer pour la première fois.

Un autre silence.

Harry m'observe. Il réfléchit.

Soudain, il s'approche de moi, il me sourit, il me pose la main sur l'épaule, et me glisse, d'une voix rassurante :

— T'inquiète pas, papa, ze suis là.

MARDI 26 AOÛT

Je reçois de nombreux appels de la famille, des proches, des amis. Tout le monde se félicite du dénouement heureux.

Fort logiquement, on me demande ce qu'il s'est passé exactement. Je réponds de manière lapidaire, je n'ai ni la force ni l'envie de m'appesantir sur le déroulement précis de cette aventure. Je dis que je vais suivre les conseils du corps médical et coucher l'histoire noir sur blanc, point par point. J'enverrai le récit à ceux qui souhaitent en savoir plus.

J'appelle Roseline. La nouvelle vient de tomber : le rapatriement va s'effectuer jeudi par avion, direction l'hôpital de Garches.

Ève a fait une crise à sa mère, elle est très déçue à l'idée d'être transférée en banlieue, loin de ses amies. Roseline a eu beau lui expliquer que cette décision ne lui appartenait pas, que seul Garches propose une place en post-réa, il n'y a rien à faire, Ève l'a carrément éconduite. Envie de rester seule.

Ça va passer.

Cette attitude nous confirme qu'Ève se porte de mieux en mieux.

A priori, elle doit rester environ une semaine à Garches. Le temps de se rétablir, de pouvoir se tenir assise, puis debout.

Nous discutons organisation, papiers, assurances, frais, rentrée scolaire, répartition des tâches à prévoir. J'irai chercher Betty à la gare Montparnasse jeudi. Je la ramènerai chez Roseline avant d'aller voir Ève à Garches.

Leur décollage est prévu aux alentours de 11 heures. Roseline, tout comme sa fille, a hâte de revenir sur Paris. Elle doit reprendre le travail le plus vite possible. Son employeur s'est montré extrêmement compréhensif, lui accordant un congé maladie pour qu'elle reste près d'Ève. Voilà plus de quinze jours que Roseline stagne à Pau. Il est temps de rentrer.

Je raccroche. Je ne tiens pas en place. Je tourne dans la maison, cherchant à m'occuper les mains et l'esprit. Je dois moi-même me re-concentrer sur mon travail. Difficile. Je réfléchis trop.

Je pense aux arbres. Je leur dois une fière chandelle. Ils ont entendu mes prières. Je vais trouver un moyen pour défendre leur cause. J'ai déjà une petite idée d'action.

Anna m'observe, impuissante. Je suinte le mal-être. Il paraît que mon regard a changé, qu'il est devenu plus grave. Je veux bien le croire. À l'intérieur, mes repères ont évolué. Je me sens fébrile, fatigué, irascible, survivant. Mon état général m'étonne.

Je devrais sauter au plafond de joie, de soulagement. Je devrais déboucher un magnum de champagne et trinquer avec le monde entier, hilare. Je devrais remercier le ciel, les étoiles, le destin. Je devrais me sentir bien. Je devrais sourire. Je devrais penser à autre chose. Mais je n'en fais rien.

Au lieu de ça, je guette, j'attends, je cogite, je ressens. Le feu couve. La chaleur m'oppresse. La page, gluante, humide, salée, marécageuse, ne se tourne pas comme j'aurais pu m'y attendre. Les bonnes nouvelles ne chassent pas l'obscurité du néant venu tournoyer sur le seuil de nos vies.

Le noir éternel. Le froid des planètes lointaines qui brillent éternellement, même après leur extinction finale. La mort. J'y pense. Je dérive de pensées confuses en réflexions inachevées. La mort.

Tout le monde se demande ce que ça fait de mourir, tout le monde perd des proches, tout le monde se demande pourquoi il souffre, tout le monde s'accroche à quelque espoir, la vie ne s'arrête pas à la mort, il y a quelque chose après, quelque chose mais quoi, la mort est bien faite, elle garde précieusement son secret, ne permettant à personne de revenir témoigner, depuis la nuit des temps aucun témoin gênant, la légende a des beaux jours devant elle, alors on fantasme, on imagine, on délire sur le sujet, le repos de l'âme, la réincarnation, la conscience de la mort a vu naître les religions, chimères rassurantes, le noir, tout le monde se souvient d'avant sa naissance, le noir, le rien, suivi du passage ici-bas, une seule mission, transmettre la vie avant de s'en retourner, tu es né poussière et poussière tu redeviendras, le manque, l'impuissance, l'insoutenable réalité confirmée par la disparition tragique d'un être cher, mourir d'une belle mort, mourir d'une mort idiote, quelle différence, la mort n'est ni belle ni idiote, elle est à l'origine de toute vie, elle est la vie, elle en fait partie, elle représente la finalité dérangeante.

La finalité dérangeante.

En attendant, tous les soirs, je revis le film des événements.

Tous les soirs.

J'ai toujours peur du téléphone qui sonne. Le syndrome de la mauvaise nouvelle. Je suis fébrile, irritable.

Merde, je n'arrive pas à comprendre. Ève s'en est sortie, on a eu de la chance, tout va bien, et pourtant, j'ai l'impression d'avoir perdu quelque chose en route.

Je ne vois qu'une explication. L'inertie de l'angoisse. La locomotive a coupé le contact, mais les wagons continuent sur leur lancée, chargés à bloc.

Le train de la peur.

JEUDI 28 AOÛT

JOUR DU DÉPART. Fin de l'épisode palois.

Ève prend l'avion qui la rapatrie sur Paris, en compagnie de Roseline et d'un médecin d'Europe Assistance. Ainsi doit se dérouler la procédure. Cinq places réservées dans l'avion. Trois places pour Ève qui voyage allongée sur sa civière. Une pour la maman. Une pour le toubib accompagnant.

Ils doivent atterrir vers 13 heures. Je suis en stand-by à Paris. J'attends.

En fin de matinée, je récupère comme prévu Betty. Elle revient de ses vacances en Bretagne en compagnie de Juliette.

Je réceptionne une Betty fidèle à elle-même. Née un 1er avril sous le signe du Bélier, Betty est une enfant pragmatique, sérieuse, au caractère bien trempé, indépendante, franche, peu démonstrative. Je lui donne les dernières nouvelles de sa sœur. Elle me répond qu'elle ne s'inquiète plus pour elle depuis longtemps, très vite elle a senti qu'Ève s'en sortirait. Au bout de trois jours. Betty ne semble pas traumatisée par le jour du drame. Elle a repris sa vie comme si de rien n'était. L'air breton lui a définitivement montré la bonne direction. Cap au sud.

Tant mieux.

Nous montons sur mon scooter. Je la conduis jusque dans le 18e. Chez elle. Chez Roseline. Betty retrouve ses marques avec joie. Ses Mangas, son ordi, ses dessins, ses baguettes pour jouer de la batterie.

Nous déjeunons ensemble au petit chinois d'à-côté avant de nous séparer. Betty a une tonne de choses à faire. Ranger, écrire, téléphoner, préparer sa rentrée.

Vers 13 heures 30, je passe un coup de fil à l'hôpital de Garches. Service post-réa. Ils m'informent qu'en effet, ils attendent l'arrivée d'Ève qui n'est toujours pas là. L'avion a un peu de retard. L'ambulance qui la prend en charge à l'aéroport est engluée dans les bouchons.

Résultat du voyage, Garches accueille Ève autour de 14 heures 45. Roseline me prévient dès leur arrivée.

Elle ne s'attarde pas là-bas. Elle me demande de prendre le relais.

OK. J'arrive.

JEUDI
15 H 30

J'ENFOURCHE mon Piaggo 250. Je m'engage sur le périphérique. Porte de St Ouen. Bois de Boulogne. Pont de Suresnes, direction Garches.

J'arrive en vue de l'hôpital au bout de vingt minutes. Impossible de le rater, l'endroit est énorme, composé de nombreux bâtiments en briques rouges.

Ma destination finale : Letulle 314, chambre 21.

Je demande mon chemin dans ce labyrinthe, paumé dans cette ville dans la ville.

Je suis la direction indiquée, roulant au pas. Je croise des blouses blanches, des promeneurs meurtris, des brancards, des handicapés, des vies brisées.

Je me gare à proximité du service.

Je pénètre dans l'immeuble « Letulle 314 ». L'endroit ressemble aux bâtiments HLM qui bordent les frontières de Paris. Froids, massifs, peintures défraîchies. Je me retrouve devant un ascenseur aux allures de monte-charge. La porte s'ouvre et se referme lentement. J'appuie sur le bouton « 3 ». La machine se met en branle sans secousse, m'entraînant vers ma fille.

Nouvel hôpital. Nouvelles sensations. Nouvelles odeurs.

Je pousse la porte du service réanimation. Personne à l'accueil. Le vide.

Des enfants gravement handicapés se baladent dans les couloirs, curieux de découvrir chaque nouveau visiteur. Distraction simple dans ce monde difficile à regarder en face.

Un jeune se déplace dans son fauteuil électrique, il semble totalement paralysé. Délicat de lui donner un âge. Il ne peut rien bouger, à part la tête et sa main droite qui commande son engin.

Je suis étonné par la différence entre l'hôpital de Pau et ici. Rien à voir. Là-bas, règne une ambiance douce, feutrée, moderne, high-tech, lisse. Dès que vous entrez dans le service, on vous prend en main, le personnel est nombreux, inévitable.

Pas ici.

Ici, changement total de décor, d'ambiance. Ici, dès qu'on entre, on prend la souffrance en pleine gueule. Ici, on s'occupe des enfants, pas des parents. Ici, la cadence n'est pas la même. Ici, tout vous rappelle la fragilité de l'être humain.

On sent qu'ils manquent d'aide, de moyens pour égayer les lieux. Les murs ont beau être décorés de dessins, l'atmosphère trahit la cruauté de la vie. L'injustice. La maladie. L'état critique permanent.

Je passe devant l'accueil désert. Je repère enfin une infirmière. Je me présente. Je viens voir Ève, admise ici une heure plus tôt. Elle m'indique rapidement le chemin du service post-réanimation. Prendre ce couloir, puis à gauche, et encore gauche, chambre 21.

Merci.

Elle disparaît comme elle est apparue.

Je mesure la chance que nous avons eue d'échouer à l'hôpital François Mitterrand. Je ne pense pas à la qualité des soins, seulement à l'atmosphère des lieux.

Trêve de comparaison hasardeuse.

Je suis sagement les instructions de l'infirmière, parvenant à dénicher la chambre 21 après avoir arpenté un mauvais couloir. Je toque à la porte fermée. Un « oui » reconnaissable entre mille m'invite à entrer. Je découvre une chambre d'hôpital classique. Deux places.

Ève est allongée dans le second lit, près de la fenêtre. Le premier couchage est inoccupé. Je m'approche pour l'embrasser.

— Ça va ?

— Très bien, et toi ? Ton transfert ?

— Un peu long, mais le médecin était cool.

Ève râle encore de se retrouver ici, mais bon, elle a de la chance d'être seule, pour le moment en tout cas, dans cette chambre.

— Tu as vu ? C'est moins moderne qu'à Pau.

— Oui j'ai remarqué.

Par contre, je sais que les soins y sont top, un des meilleurs hôpitaux pour les enfants, la question étant : combien de temps va durer son séjour à

Garches ? Je ne sais pas, Descamp parlait d'une semaine à dix jours. De toute façon, il faut oublier la rentrée au lycée avec les autres, qu'elle ne s'inquiète pas, je vais m'arranger. Ses copines pourront venir la visiter. Oh ! ça ne presse pas, elle n'a pas envie que toutes ses amies débarquent. Juste Marie, voire une autre. Oui, elle a vu un médecin, mais pas longtemps. Le kiné doit passer tout à l'heure.

Ève, fatiguée par le voyage, s'endort presque devant moi. Je lui ai amené un sac avec ses affaires. Elle me demande de le déposer là, dans le petit placard.

Je ne reste pas longtemps, elle a besoin de dormir. Je reviendrai demain.

D'accord, papa...

Je lui souris avant de sortir.

Une fois dans le couloir, je réussis à coincer une infirmière. Je lui demande si je peux voir un médecin.

— Désolé, ils sont tous occupés.

Je n'insiste pas.

Je comprends que nous avons pris de mauvaises habitudes à Pau où les docteurs étaient d'une disponibilité à toute épreuve.

Il ne faut pas comparer.

Aujourd'hui, Ève se retrouve en surveillance en post-réanimation, l'urgence, dans son cas, s'est dissipée.

Je parcours le chemin en sens inverse vers la sortie.

À demain.

VENDREDI
12 H 22

Nous nous organisons avec Roseline. Partage des visites. Dossiers administratifs, papiers divers et variés, mutuelle. Etc.

Roseline me détaille le rapatriement de la veille.

Elle me décrit sa rencontre avec le toubib d'Europe Assistance, chargé de les accompagner pendant le voyage en avion. Un type distant, un peu blasé. Il n'a pris connaissance du dossier médical qu'une fois installé dans l'Airbus.

Elle me raconte que le toubib en question a changé de tête en découvrant les détails du compte-rendu d'hospitalisation. Il a relu deux fois le document. Il avait du mal à croire que la jeune fille qu'il était chargé de transférer soit en aussi bonne forme après avoir subi tout ce qui est noté noir sur blanc dans le dossier. Après lecture, il ne la regardait plus de la même façon. Il était devenu plus attentionné, plus concerné. Comme fasciné.

Sacrée épreuve. Sacré dénouement.

Je retourne à Garches en début d'après-midi. Letulle 314, chambre 21. Je rapporte quelques victuailles à Ève, histoire d'améliorer son ordinaire.

Elle a vu le médecin en charge de son cas, elle a vu le kiné, elle a même vu la psy, qui aimerait me parler à l'occasion. Elle s'étonne :

—Pourquoi elle veut te voir, la psy ?

Pour discuter. Ève ne se rend pas compte que ces événements ont remué toute sa famille en profondeur. Elle semble presque extérieure à tout ce remue-ménage.

Je reviens sur sa rencontre avec le docteur chargé dorénavant de sa santé. Ève m'explique. En résumé, elle doit rester en observation jusqu'à ce qu'elle puisse se déplacer sans mal.

Elle me dit qu'ici, les gens sont plus speed, mais sympas.

En parlant de médecin, la porte s'ouvre sur une blouse blanche. Ça y est, je croise un toubib flambant neuf dans notre aventure. Au moins le dixième.

Il entre dans la chambre, occupé à parler au téléphone, donnant des instructions à un collègue. Il raccroche d'un geste sec, me salue, se présente rapidement, « Docteur Ficher », puis s'adresse à Ève, direct, sans préambule. Voix claire et précise. Il lui parle comme à une adulte, sans prendre de gant.

Je sens tout de suite que cet homme navigue sans cesse dans le drame. Il irradie la souffrance. Souffrance de ses patients. Souffrance de leurs proches.

— Bon, Ève, comme tu le sais, tu as été victime d'un accident d'une extrême gravité, il va falloir te surveiller. Tu n'as pas récupéré, loin de là, toute ta capacité pulmonaire, les dopplers pour ta jambe ne sont pas géniaux, et les derniers examens montrent que tu as une mauvaise oxygénation du cerveau.

— Ça vient d'où ?

— Je ne sais pas. Je ne sais pas si c'est dû à l'accident, ou si ça datait d'avant, ça peut arriver...

Je m'immisce dans la conversation.

— Ça se traduit par quoi, docteur ?

— Dès qu'elle accélère sa respiration, son cerveau manque d'oxygène.

— Ça peut provoquer...

Je laisse ma phrase en suspens. Que raconte-t-il ? Ève est-elle encore en danger?

— En cas d'émotion forte, d'efforts, elle peut s'évanouir... Tu t'es levée ?

— Un peu...

— Tu as la tête qui tourne ?

— Oui.

Je reviens dans la conversation.

— Vous pensez qu'elle va devoir rester longtemps ?

— Elle doit rester sous surveillance. Il ne faut pas précipiter les choses, elle va mieux, mais elle ne va pas encore « bien ». Un arrêt cardiaque, ce n'est pas anodin. C'est très sérieux. On ne sait pas combien de temps son cerveau a été privé d'oxygène. *A priori*, les sauveteurs l'ont rapidement massée, mais à quel moment son cœur s'est-il arrêté ? Dans l'eau ? À sa sortie ? Vous savez, un arrêt d'une minute peut avoir des conséquences irréversibles, là ce n'est pas le cas, mais nous devons rester vigilants.

Vigilants. Je connais.

Le docteur Ficher, appelé par d'autres cas critiques, vaque à son difficile métier.

Je reste encore un moment en compagnie d'Ève. Elle attend avec impatience la visite de son amie Marie, qu'elle n'a pas vue depuis quinze jours. Marie revient de vacances ce week-end. Je promets d'organiser sa venue jusqu'à Garches.

Nous discutons lycée, copines, maîtres nageurs, univers médical. Ève évoque ses soucis de santé avec courage. Avec distance surtout. Elle n'est pas affolée par ses problèmes de circulation sanguine au niveau de la jambe, problèmes soignés par une injection quotidienne. Histoire de fluidifier son sang. Elle n'est pas non plus affolée par la mauvaise oxygénation de son cerveau, ni par sa capacité pulmonaire réduite de 40 %, ni par les séances de kiné programmées pour la remettre sur pied. Le fait qu'elle ne se souvienne de rien influence son comportement. Elle se montre détachée, comme si cette mésaventure était arrivée à quelqu'un d'autre. Déjà, au moment de son réveil, on pouvait sentir un décalage entre elle et son histoire. Aucun stress, aucune angoisse, aucune peur visible. Juste de la fatigue, de l'incrédulité, de l'étonnement de voir autant de monde s'agiter autour d'elle. Autant de monde préoccupé par son état.

Tant mieux. Disons que la nature fournit des alternatives efficaces. Des protections magiques. Des garde-fous inattendus.

Tant mieux. Aujourd'hui, Ève se concentre sur sa rentrée. Elle veut retourner au lycée le plus vite possible. Excellente motivation. Elle va se montrer sérieuse, disponible, à l'écoute des médecins. Elle n'a pas envie que son séjour à Garches ne s'éternise.

Je la comprends.

Au bout d'une heure de visite, je la laisse à ses occupations télévisuelles. Je sors de la chambre, direction le bureau de la psy.

VENDREDI
14 H 00

Je frappe à la porte entrebâillée. J'aperçois une femme en blouse blanche derrière son petit bureau, téléphone en main. Elle me fait signe d'entrer. Je m'exécute. Elle m'indique le siège pour m'asseoir. Je m'exécute. Elle raccroche rapidement. Se présente en me tendant la main.

— Agnès Laveine.

— Enchanté. Je suis le papa d'Ève.

— Ah, très bien, justement, je voulais vous voir.

— Je dois prendre rendez-vous ?

— Si vous avez un peu de temps, on peut se parler maintenant.

— Pas de problème.

Elle me résume son entrevue avec Ève tout en m'observant d'un œil sérieux. Ève n'a aucun souvenir, et n'en aura sans doute jamais. Pas d'angoisse. Une jeune fille équilibrée, bien dans sa peau. Elle sait ce qu'il lui est arrivé. Elle sait qu'elle a frôlé la mort. Tout lui a été raconté.

Je reste interdit.

— Je croyais qu'il fallait éviter de dramatiser...

— Parler de la vérité ne constitue pas une dramatisation. Ève va mieux, elle doit savoir par quoi elle est passée.

Ici on ne s'embarrasse pas de principe. On parle aux enfants comme aux adultes. Pas de sous-entendus. On ne cache rien. On n'enjolive pas. La vérité. Point.

La psy enchaîne.

— D'ailleurs, elle réagit très bien. Et vous ? Ça va ?

Je me sens en confiance avec cette femme. Douce, rassurante, maternelle. Un mélange de féminité charmante et d'intelligence au service des autres. Rien à voir avec son collègue masculin de Pau.

— Ça va, tout est allé très vite.

— Ève m'a dit que vous aviez plongé pour essayer de la ramener ?

Je réponds avec sincérité. Je sens que mon interlocutrice m'écoute avec intérêt, curiosité.

C'est vrai j'ai plongé j'ai raté mon truc ensuite la noyade les MNS formidables l'équipe médicale dévouée de Pau mon tilleul ma lutte auprès d'Ève ma connexion constante l'espoir l'esprit des arbres la vie qui revient le coma le réveil l'espoir retrouvé la solidarité le psy de Pau l'inertie de l'angoisse toujours la même question qui revient je ne sais pas pourquoi est-ce que j'ai sauvé Ève à part ça je dors bien pas de cauchemar j'évite de m'habituer aux calmants ça m'a bien soutenu quand même.

Agnès Laveine m'interrompt dans mes évocations.

— Bien sûr que vous avez sauvé votre fille. Dans l'eau, mais surtout après, pendant son coma. Vous êtes resté près d'elle, d'après ce que vous me dites, vous ne l'avez pas lâchée, vous l'avez encouragée à revenir, à se battre, vous lui avez dit que vous l'aimiez, que vous aviez besoin d'elle.

— Je pense qu'elle m'entendait.

— J'en suis sûre. Une personne plongée dans le coma n'est pas totalement déconnectée de la réalité. Elle reste sensible à son environnement. Je vais vous raconter un cas, un cas très grave dont je me suis occupée ici. Une famille a eu un accident de voiture. Le papa conduisait avec ses deux petites filles à l'arrière. Il est sorti de la route. Son véhicule a fini sa course dans la Loire. Le père est mort sur le coup. Sa fille de sept ans a eu la présence d'esprit de se détacher, et elle a réussi à profiter de la bulle d'air formée dans l'habitacle, inondé petit à petit. Ça a retardé sa noyade. Quand les secours sont arrivés, le père était donc mort, la petite sœur, attachée sur son siège bébé, noyée, et la grande sœur plongée dans le coma, un coma dû également à la noyade. La bulle d'air l'avait « sauvée ». Évidemment, la maman était anéantie. Elle venait de perdre son mari, et sa fille cadette. Quant à sa fille survivante, elle n'arrivait pas à lui parler. Je l'encourageais, je lui disais que quelque part, dans son sommeil, elle l'entendait. Qu'elle devait lui dire ce qu'il s'était passé, lui raconter le drame et ses conséquences, lui affirmer qu'elle l'aimait, et surtout, qu'elle ne lui en voulait pas d'être encore en vie. Qu'elle n'y était pour rien dans la mort de sa sœur, qu'elle était trop petite pour avoir la présence d'esprit de la détacher afin de lui donner une chance. La maman ne voulait rien savoir, elle ne voyait pas l'intérêt de tenir un tel discours à son enfant inconscient. Elle n'y croyait pas. D'ailleurs, tout le corps médical partageait ce doute, pensant même qu'il était déconseillé de stresser la patiente en lui annonçant le décès de deux membres de sa famille. J'ai insisté, argumentant que ça ne coûtait rien d'essayer, qu'il ne fallait plus tarder. J'étais sûre que la petite se réfugiait dans une sorte de sommeil protecteur. J'ai eu du mal à convaincre la maman. Jusqu'au jour où elle s'est enfin décidée, après une semaine d'état stationnaire. Elle s'est approchée de sa fille, elle lui a dit qu'elle l'aimait toujours, qu'elle voulait qu'elle revienne, qu'elle n'y était pour rien dans la noyade de sa petite sœur. Dans la minute qui suivait, la gamine revenait à elle, au grand étonnement de tout le staff médical.

— Je ne sais pas si on peut dire ça, mais quelque part, c'est une belle histoire... Je crois à ce genre de chose.

— C'est essentiel. Il y a d'un côté le médical, le scientifique, et de l'autre l'irrationnel, l'inconscient.

— Vous devez en croiser, des cas dramatiques, c'est pas trop difficile ?

— Tous les jours, nous sommes amenés à côtoyer la mort, à préparer les familles à l'affronter, à l'annoncer. La semaine dernière, une jeune fille de dix-sept ans est arrivée ici. Elle s'amusait à la piscine avec ses copains. Elle a plongé à un endroit où il n'y avait pas suffisamment d'eau. Elle est tombée sur la nuque. Vertèbres brisées. À son réveil, il a fallu lui annoncer que désormais, elle vivrait totalement paralysée.

Un silence. J'admire cette femme. Son courage. Son abnégation. Sa vocation. Comment peut-on travailler au milieu d'autant de souffrance, quotidiennement, à longueur d'années ? Je sais maintenant ce que signifie ce genre de drame. Et encore, pour nous, ça se termine de façon miraculeuse. Mais dans la plupart des cas, l'avenir s'assombrit pour tous les protagonistes. Victime comme entourage.

Je fais part de mes pensées à la psy.

– Ce n'est jamais évident. Ici, le personnel est sous pression constante, même les médecins ont besoin d'être soutenus.

– Je comprends.

– C'est pour ça que le cas de votre fille est important. Habituellement, le patient ne résiste pas, ou ne se réveille jamais. En cas de noyade d'une telle gravité, un tel dénouement tient du miracle, et nous faisons un métier où nous avons besoin de miracles. Sinon, pourquoi les médecins réanimateurs doivent-ils se battre si c'est pour toujours rendre, au mieux, des patients en coma végétatif à leurs familles ? Juste avant les vacances, nous avons eu un jeune, victime d'un malaise en plein cours de piscine avec sa classe. Ils l'ont aperçu tout d'un coup inerte au fond du bassin. Ils l'ont ranimé, mais trop tard, il va rester toute sa vie sans « revenir à lui ».

La noyade a provoqué des dommages cérébraux irréversibles.

— Ce que vous me raconter, ça me coupe le souffle.

— Il ne faut pas. Votre fille sera bientôt en pleine forme, et ça nous fait du bien à tous.

J'ai l'impression que les rôles se sont inversés. La psy a besoin de se confier. Autant que moi. Elle semble aussi en confiance que moi. Elle m'intéresse. Je l'intéresse. L'échange est fluide, naturel, serein.

J'hasarde une nouvelle question.

— Certains jours, vous devez rentrer chez vous complètement abattue. Ça doit être dur de réussir à faire la part des choses quand on baigne dans un quotidien aussi chargé...

La psy soupire, sourit, dodeline de la tête, avant de me répondre.

— J'ai quatre enfants, j'essaye de ne pas trop les couver... Je ne sais pas ce que la vie nous réservera, le danger se cache partout. Sur la route, en vacances, à la maison. Il ne faut pas devenir parano pour autant. Quand je rentre chez moi, je ne suis plus psy, je redeviens une maman. Des fois, j'avoue, c'est dur. Par exemple, quand vous devez annoncer à un enfant qu'il va mourir dans moins d'une semaine, sans qu'on ne puisse rien y faire, on a besoin d'un temps d'adaptation avant de revenir à la vie normale...

Je ne sais plus quoi dire. Un ange passe.

Agnès sourit à nouveau.

— C'est pour ça qu'il faut croire en la force de l'amour. Comme vous y avez cru avec Ève.

— C'était instinctif.

— Vous connaissez cette étude qui défend l'idée qu'il y a cinq façons de montrer son amour à quelqu'un ?

— Non.

— Je trouve ça assez juste. Vous voulez que je vous décrive ces cinq manières d'aimer ? Ça marche aussi bien entre hommes et femmes, qu'entre parents et enfants, qu'entre amis ...

— Je vous écoute.

La conversation prend une nouvelle tournure, plus légère celle-ci. Je suis curieux. J'attends la suite.

— Donc, d'après cette étude, on peut aimer et se sentir aimer sur la base de cinq langages de l'amour. Les gens, selon leur personnalité, étant plus sensibles à l'une ou l'autre de ces « langages ». La première manière de montrer son amour ou de sentir que l'on est aimé, c'est le cadeau. Certains choisissent cette voie-là pour combler l'autre. La seconde manière passe par les « services rendus ». La troisième façon se traduit par l'affection, le toucher, le câlin. La quatrième, ce sont les paroles valorisantes, les compliments, les encouragements. Et enfin la dernière preuve d'amour se cache dans les moments de qualité offerts ou reçus. En général, dans une relation d'amour, inconsciemment, on utilise au moins deux de ces biais pour aimer l'autre, ou à l'inverse, on attend d'être aimé en recevant au moins deux de ces preuves. Les hommes ont plutôt tendance à être dans le cadeau, les services rendus, tandis que les femmes sont plus sensibles aux marques d'affection, aux paroles valorisantes.

— C'est intéressant.

Je réfléchis à ma relation avec Anna pendant qu'Agnès Laveine termine son exposé. Tout ce qu'elle décrit me semble assez juste.

— Ça peut être utile d'avoir conscience de tout ça, utile pour améliorer nos rapports aux autres. Certains maris, par exemple, sont parfois en décalage avec leurs femmes. Classiquement, les femmes apprécient les câlins et les moments de qualité, tandis que les hommes attendent des services rendus et des paroles valorisantes. Chacun doit travailler sur lui-même.

Vaste sujet. Vaste débat. Les différences entre les hommes et les femmes.

— Ça fonctionne aussi pour les rapports parents/enfants. Voilà, je vous ai raconté ça parce que je pensais que ça vous intéresserait.

Vous ne vous êtes pas trompée, ça m'intéresse. Notre conversation m'intéresse. Votre courage m'intéresse.

Elle conclut notre entrevue sur une note lyrique.

— Votre histoire est universelle, elle parle avant tout d'amour. Et rien n'est plus fort que l'amour.

Je trouve cette conclusion un peu clichée. Mais. Parfois, les clichés ont leur utilité. Ils agissent comme une piqûre de rappel.

Je me lève. Je remercie chaleureusement Agnès. Nous avons envie de nous embrasser, mais nous nous abstenons.

RETOUR À LA VIE...

Les jours se suivent et se ressemblent.

Ève progresse chaque jour.

Elle mange bien. Elle retrouve l'usage de ses jambes ankylosées par quinze jours d'immobilisation. Elle se muscle les poumons avec l'aide d'un appareil au nom poétique : le Bird. Elle suit son traitement pour éviter la formation d'un nouveau caillot de sang dans son artère abîmée. Les résultats de ses examens se révèlent de plus en plus positifs.

Une semaine après son admission à Garches, Ève réussit son examen de sortie, à savoir monter et descendre les trois étages du service. Seule. Sans aucune aide.

Les médecins se réunissent pour savoir si elle peut rentrer chez elle.

Certains ont encore des doutes. Ils s'interrogent. Ils ne comprennent pas comment Ève s'est rétablie si vite en partant de si « loin ». Je sens l'incrédulité au fond de leurs yeux. Ils se réjouissent en fronçant les sourcils.

Le docteur Ficher décide tout de même de la libérer. Il établit un programme serré. Batterie de tests à prévoir. IRM cardiaque. Électroencéphalogramme. Ordonnances à gogo. Bird à la maison. Repos pendant quinze jours. Interdiction de faire du sport pendant six mois. Interdiction de prendre les transports en commun. Ève doit éviter tout choc. En cause, son traitement anticoagulant. Absolument éviter de saigner.

Ève regagne son « chez-elle » après un séjour d'une semaine à Garches.

Sa capacité de rétablissement lui permet de reprendre le lycée, en horaires aménagés, après dix jours de repos à la maison.

Je l'accompagne avec délectation au lycée. Elle doit rencontrer le médecin scolaire avant d'être admise à retourner en classe.

Nous sommes reçus par une femme pressée. Je lui tends le dossier médical.

— Alors, qu'est-ce qu'il t'est arrivé ?

Ève répond d'une voix naturelle.

— Je me suis noyée.

— Ah, quand même...

La femme pressée parcourt le dossier en fronçant les sourcils. Elle lâche au passage quelques :

— Ah, quand même...

À la fin de la lecture, elle relève la tête, observant Ève avec curiosité.

— Et maintenant, ça va ? Tout va bien ?

— Tout va bien.

— D'accord, nous allons donc suivre la procédure. Le proviseur doit signer ton autorisation d'entrée, et tu reprendras les cours à mi-temps, comme l'a demandé le docteur...

— Ficher.

— Par contre, tu n'as pas le droit de prendre les transports en commun.

Je lui explique que la mutuelle prend en charge les frais de taxi pendant une vingtaine de jours. D'ici là, l'interdiction sera peut-être levée.

— Eh bien, pour moi, tout est en règle. Je te souhaite une bonne rentrée, Ève.

Nous repartons comme nous sommes arrivés, en traversant le lycée Racine. Je dépose Ève chez Roseline. Je l'embrasse. Je la regarde s'éloigner gracieusement vers le hall de son immeuble.

Le ciel irradie la lumière de l'automne naissant. Putain, quand même, à quoi ça tient tout ça.

À rien.

À un instant.

À un geste.

À un souffle.

QUESTION ESSENTIELLE

JE N'OUBLIE PAS ma promesse faite à mon tilleul.

Ma promesse de « les » aider s'ils sauvaient ma fille.

Ils m'ont entendu.

Ils ont agi.

Maintenant, à moi de les remercier pour leur soutien.

Comment ?

Quelle action concrète entreprendre ?

Je me rends dans le parc voisin de la maison. Des platanes immenses vivent là, en paix. Ils sont hauts, très hauts. Forts, très forts. Je m'appuie contre l'un d'entre eux. Le contact avec son écorce, douce, tachetée, me procure une sensation de doux bien-être, de calme intérieur. Je lève la tête vers sa cime. Nous sommes en hiver. Absence totale de feuilles. L'ombre de ses branches se découpe sur la toile bleutée du ciel, formant une œuvre magistrale. Une oeuvre réalisée d'un seul coup de crayon par la nature.

Chaque arbre est unique. Chaque arbre a son propre visage. Chaque arbre a son empreinte personnelle.

Que puis-je entreprendre pour essayer de protéger cet indispensable talent ?

Je dois entamer une lutte, même modeste. Une lutte à mon petit niveau. Lancer une initiative.

Je sais. J'ai mon plan. Je cogite depuis assez longtemps.

Je vais racheter des forêts pour les rendre aux arbres. Créer des espaces sauvages, pour eux, rien que pour eux. Il n'en existe pas suffisamment en France. Ni ailleurs. Les forêts sont entretenues, taillées, exploitées, gérées. Il faut recréer des parcs naturels, où les arbres pourront s'épanouir en paix, sans l'intervention de l'homme.

Je n'oublie pas ma promesse faite à mon tilleul.

Je dois me débrouiller pour gagner de l'argent.

Le sens de ma vie a changé. Ou plutôt, ma vie a désormais un sens.

Les arbres.

Chaque hectare de bois que je réussirai à acquérir leur sera destiné. Laisser la nature s'exprimer. Laisser dépérir les arbres plus faibles, laisser pousser les fougères, les champignons, ne pas exploiter systématiquement le bois.

Mais avant tout...

Avant tout...

Je dois écrire ce livre...

Ève a repris le cours de sa vie. Il est temps de me mettre au travail. Coucher les premiers mots sur le papier.

Je réfléchis...

Par quoi vais-je commencer ?

Personne ne traverse un tel désert sans garder des traces indélébiles.

L'aventure humaine que je viens de connaître remue chaque cellule de mon corps. Chaque neurone de mon cerveau.

Vision du monde.

Perception de l'avenir.

Contact avec les autres. Futilité. Fragilité.

Apprécier le moment présent. Les cadeaux de la vie. La simplicité des sentiments. Le bonheur des petites choses. L'être.

Qu'est-ce qui est important ?

Le sens de la vie.

Le fameux sens de la vie.

Arrêtons de nous plaindre pour des conneries. Des mesquineries. Des égoïsteries.

À quoi bon ?

Un geste. Un regard. Une odeur. Un souvenir. Un câlin. L'autre. Soi.

Tout bascule tellement vite.

Tout bascule tellement vide.

Futilité. Fragilité. Le fil ténu de la vie.

Merci à nos quatre anges gardiens, Nicolas, Benjamin, Arnaud et Émeric.

Merci aux docteurs Volatron et Descamp.

Merci à Muriel Derome, pour son écoute chaleureuse.

Merci à Muriel Madeline, Christophe Barge et Lorraine Auffray, pour leur confiance et leur soutien.

Merci à toutes les personnes qui ont participé, de près ou de loin, à la formidable chaîne de solidarité décrite dans ce livre.

Et merci à toi, mon tilleul, mon arbre de vie.

Pour soutenir le projet de l'auteur en faveur des arbres : www.foretsauvage.org

CRÉDIT ICONOGRAPHIQUE
Couverture © PIOTR POWIETRZYNSKI / AGE FOTOSTOCK / HOA-QUI / EYEDEA

COUVERTURE
Joséphine CORMIER

TIMÉE-EDITIONS
66, rue Escudier - 92100 Boulogne - France
www.timee-editions.com

Imprimé en France sur les presses de l'Imprimerie Nouvelle
45800 Saint-Jean de Braye

Dépôt légal : octobre 2009
ISBN : 978-235-401-224-3